I. DIGAS   O du Schmerzhafte

I. DIGAS

O du Schmerzhafte

Weihnachtliche Spankinggeschichten

© 2020 I. DIGAS

Herstellung und Verlag: BoD – Books on Demand, Norderstedt

Printed in Germany

ISBN 978-3-7526-2716-9

Titelfoto: I. DIGAS

Inhaltsverzeichnis

Vorwort

Nun ist wieder einmal die Weihnachtszeit gekommen. Auf den Straßen, in den Vorgärten und in den Geschäften tauchen Sterne, Weihnachtsmänner, Rentiere und vieles mehr auf, und alles wird von sanftem Licht umschmeichelt. In den Geschäften füllen sich die Regale mit weihnachtlichem Gebäck und anderen Süßwaren, während in den Buchhandlungen Titel mit Weihnachtsgeschichten und entsprechenden Rezepten auftauchen. Warum also nicht ein Buch mit weihnachtlichen Spankinggeschichten schreiben? Immerhin ist schon oft beschrieben worden, wie Nikolaus und Co. mit einer Rute ungezogene Kinder bestraft haben. Warum also das ganze nicht in die Welt der Erwachsenen verlegen und entsprechend aufbereiten?

Im nun vorliegenden Band erscheinen mehrere meiner Weihnachtsgeschichten erstmals in Buchform. Ich hoffe, dass die Texte allen Spankingfreunden die Weihnachtszeit ‚versüßen' werden.

Ich wünsche Euch viel Spaß beim Lesen und fröhliche Weihnachten!

Ihr/Euer
DIGAS

Wenn unerwartet der Nikolaus kommt...

Es war kalt an diesem Tag im Dezember. Allerdings fielen nur vereinzelte Schneeflocken vom Himmel, so dass alles grau und trist wirkte. Überhaupt nicht so, wie man sich den Nikolaustag vorstellen würde. Am Nikolaustag erwartet man üblicherweise Schnee, der weiß vor den Fenstern leuchtet, aber kein Wetter, das eher an den Herbst denken lässt.

Es war kurz vor 19:30 Uhr, als Klaus an dem Bürogebäude von einer der größten Firma der Region vorbeifuhr. Um diese Zeit befanden sich nicht nur die Mitarbeiter in ihrem Feierabend, sondern auch die Putzkolonne würde das Gebäude wie immer um 19 Uhr verlassen haben. Nun lag alles still und dunkel da, was angesichts der Größe des Gebäudes beinahe gespenstisch wirkte.

Als er den Gebäudekomplex passiert hatte, fuhr er darum herum und lenkte seinen Wagen am hinteren Ende des Zaunes durch eine im Vergleich zum Haupttor geradezu winzige Zufahrt in Richtung eines kleinen Nebeneinganges. Dort gab es auch einen kleinen Parkplatz, der den Putzkolonnen vorbehalten war. Durch den Nebeneingang kamen sie zu ihren Spinden und den Räumen mit ihren Putzutensilien, ohne zwischen den Lieferanten oder gar auf dem Hauptparkplatz herumkurven zu müssen.

Als Klaus auf den Parkplatz fuhr, erkannte er sofort Petras Wagen. Die große Nobelkarosse fiel auf diesem kleinen, unscheinbaren Parkplatz sofort auf. Schwungvoll parkte er seinen Kleinwagen gleich daneben. Kaum stand er, als aus der Nobelkarosse auch schon dessen Fahrerin ausstieg. Im schwachen Schein der Parkplatzbeleuchtung konnte Klaus die schlanke Gestalt der Firmeneigentümerin erkennen, deren Mann hier Geschäftsführer war. Sie selber hielt sich immer im Hintergrund, hatte aber den Gerüchten nach zu urteilen alle Fäden in der Hand. Sie selber hatte das einmal damit begründet, dass die Geschäftswelt männlich dominiert sei und deshalb ein Mann die Geschäfte führen sollte – sie würde nur dann eingreifen, wenn es notwendig sein würde. Nun gab es für sie einen triftigen Grund, der sie zum Handeln brachte.

Er atmete noch einmal tief aus und öffnete dann ebenfalls die Tür seines Wagens. Als er das Auto verlassen hatte, stand ihm die Frau gegenüber und reichte ihm die Hand.

„Guten Abend", begrüßte ihn Petra. Sie war eine attraktive Frau von fünfundvierzig Jahren, der man die regelmäßigen Trainingseinheiten im Fitnessstudio ansah. In ihrer Nähe fühlte er sich etwas unbehaglich, vor allem wegen seiner deutlich sichtbaren Unsportlichkeit.

Klaus spürte die faszinierende Aura dieser Frau, und schon vom ersten Augenblick ihres ersten Treffens war er ihr verfallen. Er war ungefähr in ihrem Alter, aber wegen seiner unsportlichen Statur hielt er es für ausgeschlossen, dass sie von ihm in gleicher Weise beeindruckt war. ‚Kein Wunder', tröstete er sich in Gedanken, ‚Petra hat genug Zeit für ihr Training, während ich den ganzen Tag im Büro hocke und Datensätze analysiere.'

Bevor er weiter in seinen Gedanken verharren konnte, holte sie ihn in die Gegenwart zurück: „Gehen wir rein, dort können wir uns umziehen. Du hast doch dein Kostüm dabei, oder?"

Unter ihrem strengen Blick nickte er stumm und ging zum Kofferraum, wo er die große Reisetasche mit dem Weihnachtsmannkostüm herausnahm. Er warf sie sich über die Schulter, was lässig aussehen sollte. Ob sie davon beeindruckt war, konnte er nicht erkennen, weil ihr Gesicht ausdruckslos blieb.

Stattdessen griff Petra nach einer ähnlich großen Tasche, die hinter ihr stand. Nach einem kurzen Blick auf die Uhr sagte sie: „Dann mal los! Die Stunde der Wahrheit naht!"

Die beiden gingen zur Hintertür, die natürlich verschlossen war.

„Und jetzt?"

„Kein Problem", erwiderte sie, „es ist von Vorteil, wenn einem die Firma gehört – dann hat man für alle Türen den passenden Schlüssel." Mit einem leicht vorwurfsvollen Seitenblick fügte sie hinzu: „Das hatte ich dir doch erklärt."

Gleich darauf schwang die Tür auf.

„Was ist, wenn uns ein Wachmann überrascht?", flüsterte Klaus. Auch das hatten sie ausführlich besprochen, aber was in der Theorie recht einfach klang, bereitete ihm nun in der kalten und dunklen Realität doch wieder Sorge.

Er glaubte ein leises Seufzen gehört zu haben. Offensichtlich nervten sie seine Einwände zu längst geklärten Dingen.

„Wie gesagt: Mir gehört die Firma. Der Wachmann würde strammstehen und uns einen schönen Abend wünschen."

„Aber wie erkläre ich meine Anwesenheit?"

Petra rollte jetzt deutlich sichtbar genervt mit den Augen: „Das haben wir doch schon alles mehrfach durchgekaut! Du sollst hier bei einer Abteilungsfeier als Weihnachtsmann auftreten und ich zeige dir die Räumlichkeiten – was natürlich nur geht, wenn niemand mehr anwesend ist, weil sonst die Überraschung ja keine mehr wäre. Kapiert?"

Ein strenger Blick traf ihn. Er wusste, dass sie grüne Augen hatte, die richtig funkelten, wenn sie wütend war. Ihm gefiel das Funkeln, aber er wollte lieber nicht der Grund für ihre Wut sein. Tatsächlich hatte sie ihm ihren Plan schon mehrfach in den vergangenen Tagen bis in alle Einzelheiten erklärt und bei dem Gedanken an den Grund ihres Handelns hatte er das wütende Funkeln ihrer Augen deutlich sehen können. Diese Frau zum Feind zu haben wäre eine sehr, sehr unangenehme Sache, das war ihm klar.

„Los jetzt", zischte sie ihm leicht säuerlich zu.

Sie betraten das Gebäude und Petra verschloss hinter ihnen die Tür. Dann ging sie schnurstracks in die Umkleideräume der Raumpflegerinnen und schaltete die Deckenlampe ein. Milchig-weißes Licht ergoss sich über den Raum und erhellte Spinde und Bänke. Klaus erinnerte der Raum an die Umkleideräume in Turnhallen, und tatsächlich konnte man die Ähnlichkeit nicht leugnen.

Noch während er den Raum auf sich wirken ließ, war Petra zu einer Bank gegangen. Dort öffnete sie ihre Reisetasche, der sie ein rotes Kleid mit weißem Besatz entnahm. Ohne groß hinzuschauen wusste Klaus, dass es ein Kleid im Nikolausstil war.

Zügig begann sie sich umzuziehen: Ohne die knielangen schwarzen Stiefel mit den High Heels abzulegen, entledigte sie sich rasch ihrer Jacke, der gleich darauf Bluse und Rock folgten. Jetzt trug sie nur noch schwarze Spitzenunterwäsche. Obwohl sie von der Anwesenheit von Klaus wusste, zeigte sie keine Spur von Scham oder Hast. Vielmehr hielt sie das Weihnachtsfraukostüm kurz hoch und betrachtete es prüfend, bevor sie es schließlich ruhig überwarf.

Klaus war im Vergleich zu ihr deutlich langsamer. Das lag natürlich zum einen daran, dass er Schuhe und Hose ausziehen musste, um sein Weihnachtsmannkostüm anlegen zu können. Zum anderen hatte er erst verstohlen und schließlich ganz ungeniert die sich umziehende Petra angestiert. Ihr gertenschlanker Körper kam in der kurzen Zeitspanne, in der er sie in ihrer überaus geschmackvollen Unterwäsche sehen konnte, erst richtig zur Geltung. Klaus faszinierte der Anblick so sehr, dass er wegen seiner verstohlenen Blicke erst in T-Shirt und Unterhose war, als sie sich bereits fertig verkleidet umdrehte.

Er konnte ihren gereizten Blick spüren, mit dem sie seinen Rückstand wortlos kommentierte. Als er ihr Augenspiel auf seinem Körper spürte, wuchs sein kleiner Freund deutlich an, was durch den dünnen Stoff seines Slips deutlich zu erkennen war. Als sie eine Augenbraue nach oben zog, wusste Klaus, dass sie seine zunehmende Erektion bemerkt hatte und lief rot an. Darum beeilte er sich nun, in sein eigenes Weihnachtsmannkostüm zu schlüpfen. dabei traute er sich nicht, Petra anzuschauen. Auf diese Weise entging ihm der Wechsel von Gereiztheit zu Amüsement in ihrem Blick. Am Ende betrachtete sie ihn überaus interessiert.

Endlich waren die beiden fertig kostümiert. Es hatte nur geringfügig länger als geplant gedauert, aber dennoch hatten sie das Gefühl, gewaltig im Verzug zu sein.

„Komm jetzt, gehen wir in ein leeres Büro und überprüfen von dort die Lage."

Bei diesen Worten zupfte Petra ihn am Ärmel seines Kostüms und huschte los. Klaus beeilte sich, ihr zu folgen, denn er fühlte sich hier fehl am Platze und nur sie konnte ihn im Falle eines Aufeinandertreffens mit einem Wachmann vor diesem oder gar vor der Polizei beschützen. Zwar hatte sie ihm versichert, dass an diesem Tage und um diese Zeit niemand vom Wachpersonal im Gebäudeteil sein würde, aber nun, da sie mit Taschenlampen bewaffnet durch die Flure huschten, sorgte er sich dennoch.

Petra hatte ihm versichert, dass sie trotz allem kein Risiko eingehen wolle. Um unnötiges Aufsehen zu vermeiden, benutzten sie daher statt des Aufzugs die Treppe. Das war verdammt anstrengend, denn das Weihnachtsmannkostüm war schwer und wärmte zudem ganz gewaltig. Während Petra die

Stufen leichtfüßig wie eine Gazelle und dabei völlig geräusch-
los hinaufhuschte, hatte Klaus etwas Mühe, ihr zu folgen.

‚Ich sollte unbedingt mehr Sport treiben', schoss es ihm
durch den Kopf. Ein guter Vorsatz, der ihm aber jetzt und hier
nicht weiterhalf.

Endlich hatten sie die von ihnen angestrebte Etage erreicht.
Die Flurtür war zwar nicht verschlossen, wohl aber die Bürotü-
ren. Für Petra und ihren Generalschlüssel waren sie jedoch
kein Problem.

Als sie schließlich in einem Büro standen, fragte Klaus: „Wo
sind wir hier?"

Ein Stockwerk unter dem Büro meines Mannes und dem von
deiner Frau. Allerdings auf der anderen Seite, damit sie den
Lichtschein nicht sehen."

Während dieser Worte knipste sie eine kleine Schreibtisch-
lampe an, deren matter Schein lediglich die Tischfläche erhellte und schon kurz hinter der Platte von der Dunkelheit ver-
schluckt wurde. Anschließend holte sie aus einem Jutesack
einen Laptop. Erst jetzt fiel Klaus auf, dass sie im Gegensatz
zu ihm einen solchen Sack dabeihatte, dabei wäre das ja eigentlich auch ein Bestandteil von seinem Kostüm gewesen.
Andererseits waren sie nicht hier, um Kinder zu belohnen,
sondern um fremdgehende Erwachsene zu bestrafen. Nicht
irgendwelche Erwachsenen, sondern ihren jeweiligen Ehepartner.

„Wozu brauchst du eigentlich den Jutesack?"

„Irgendwie muss ich doch den Laptop transportieren. Eine Weihnachtsfrau mit Laptop würde ziemlich komisch aussehen, falls uns doch ein Wachmann begegnen sollte."

„Ich dachte, in diesem Gebäudeteil gibt es heute keine Security?" Als sie trotz des Dämmerlichts merkte, wie Klaus bei der Erwähnung des Wachmannes blass wurde, fügte sie rasch hinzu: „Mensch, das war ein Witz! Meine Güte, bist du schreckhaft! Reiß dich bloß zusammen, du Angsthase!" Eigentlich wollte sie ‚Jammerlappen' sagen, aber das erschien ihr dann doch zu hart, und daher korrigierte sie sich gerade noch rechtzeitig auf ‚Angsthase'. Es machte auch keinen sinn, so kurz vor dem Ziel ihren Kumpanen zu verärgern.

Inzwischen war der Laptop hochgefahren, und Petra drückte schnell hintereinander ein paar Tasten. Für den Bruchteil einer Sekunde tat sich nichts, aber dann füllte sich der Bildschirm mit einem gestochen scharfem Bild, das ein üppig eingerichtetes Büro zeigte. Am großen Mahagonischreibtisch saß oder besser thronte ein Mann von circa fünfzig Jahren, dessen Haar sich bereits zu lichten begann. Die tapfer durchhaltenden Haare hatten bereits einen Stich ins Graue. Ansonsten sah der Mann wie ein typischer Manager aus: dunkelblauer Anzug, weißes Hemd, einfarbige Krawatte. Klaus würde wetten, dass der Typ schwarze Lederschuhe von irgendeiner Nobelmarke trug.

„Das ist Horst, mein Mann", flüsterte Petra neben ihm.

„Er macht Überstunden."

„Das behauptet er schon länger, aber in Wirklichkeit treibt er es mit deiner Frau Sabine."

Die Ehefrau von Klaus arbeitete für Petras Mann als Sekretärin. An ihr musste jeder vorbei, der zum Geschäftsführer wollte. Zwar hatte Klaus immer gehört, dass sich bei einem solch engen Arbeitsverhältnis auch mal amouröse Verwicklungen ergeben konnten, aber er hätte nie gedacht, dass sich Sabine auf so etwas einlassen würde. Selbst als ihn Petra unter einem Vorwand zu einem vertraulichen Gespräch gebeten hatte, wollte er die erhobenen Vorwürfe nicht glauben. Diese hatte allerdings mit einer abwehrenden Reaktion gerechnet und von einem Sicherheitsmann unter dem Vorwand, einen Dieb von Geschäftsgeheimnissen entlarven zu wollen, heimlich mehrere Überwachungskameras im Gebäude anbringen lassen, unter anderem auch im Büro ihres Mannes und seines Vorzimmers. Da in der Firma jeder wusste, dass die Firma Petra H. gehörte und ihr Ehemann Horst nur der Geschäftsführer von ihren Gnaden war, hatte die Sicherheitsfirma keine Fragen gestellt und absolute Diskretion walten lassen. Auf diese Weise konnte sie Klaus bei ihrem ersten persönlichen Treffen, das beinahe konspirativ abgelaufen war, kompromittierende Fotos zeigen. Darauf war seine Sabine ganz nackt in verschiedenen eindeutigen Posen mit einem ebenfalls nackten Horst zu sehen.

„Sind das Standbilder von einer Videokamera?", hatte er gefragt.

„Ja, aber sie dürften reichen, um dich zu überzeugen, oder?"

„Ja, ja schon", hatte er geantwortet, „aber das heißt, dass es davon ganze Videos gibt? Also - Filme?"

Petra hatte nur genickt.

Für Klaus war eine Welt zusammengebrochen, und als Petra ihm vorschlug, die beiden in flagranti zu überraschen und für ihr ehebrecherisches Treiben zu bestrafen, war er sofort Feuer und Flamme gewesen. Sabine war in den letzten Monaten in Sachen Sex ungewöhnlich zurückhaltend gewesen, was sie mit sehr stressigen Arbeitstagen begründet hatte. Er hatte es geglaubt und viel Rücksicht genommen, aber nun, da er den wahren Grund kannte, erschien ihm der Gedanke einer Bestrafung sehr verlockend. Danach sollte sie mit ihm, ihrem rechtmäßigen Ehemann, all das nachmachen, was sie zuvor mit dem Geschäftsführer getrieben hatte! Deshalb hatte er nach einer kurzen Bedenkzeit zugesagt, bei Petras Plan mitzumachen. Da seit ein paar Tagen feststand, dass Horst und Sabine am Nikolaustag erneut ‚Überstunden' machen würden, war Petra auf die Idee mit den Weihnachtsmannkostümen gekommen. „Dann fallen wir nicht auf, weil jeder denken wird, dass wir zur Weihnachtsfeier von irgendeiner Abteilung wollen", hatte sie die Kostümwahl begründet.

Ja, und nun waren sie also tatsächlich hier: Im Gebäude, nur ein Stockwerk von Horst und Sabine entfernt. Dank der versteckten Kameras würden sie den besten Augenblick für ihr Einschreiten abpassen können. Natürlich würde Sabine ihre Tür zum Flur hin abschließen, bevor sie zu Horst ging, aber Petras Generalschlüssel konnte kein Schloss widerstehen.

Noch jedoch zeigten die Bilder der Kamera einen beschäftigten Horst, weshalb Petra zu dem Gerät in seinem Vorzimmer umschaltete. Nun sahen die beiden Sabine an ihrem Schreibtisch sitzen. Im Gegensatz zu ihrem Chef schien sie aber nicht zu arbeiten, sondern konnten deutlich sehen, wie sie sich sorgfältig Lippenstift auftrug. Anschließend hüllte sie sich in eine Duftwolke ein und vergaß auch nicht, etwas unter ihren sehr kurzen Rock zu sprühen. Als sie das tat, musste Klaus schwer schlucken.

Petra legte ihre Hand tröstend auf seine Schulter. Es war nur eine kurze, flüchtige Berührung, aber sie tat Klaus ungemein gut. Fast hätte er vergessen, dass sie auch eine Betrogene war, nur eben von ihrem Mann.

Dann schaltete Petra wieder ins Büro ihres Mannes. Gerade rechtzeitig, denn Horst bediente gerade die Sprechanlage.

Gleich darauf erschien Sabine mit Schreibblock und Kugelschreiber in der Tür. Nun wurde deutlich, dass ihr Rock ein superkurzer Mini war. Klaus wusste nicht, dass seine Frau so ein Kleidungsstück besaß. Ihr Anblick in dem kurzen Rock ließ seinen Penis wieder wachsen.

Als Sabine schließlich an der Tür knickste und dort mit gesenktem Kopf abwartend stehen blieb, entfuhr Klaus ein „Was soll das denn?"

„Die beiden scheinen ein Rollenspiel zu machen. Offensichtlich demütige Sekretärin und großer Chef", erklärte ihm Petra.

Auf dem Bildschirm sahen sie, wie Horst seine Vorzimmerdame mit einer herrischen Bewegung zu sich zitierte. Sabine knickste erneut, bevor sie sich in Bewegung setzte. Als sie vor ihrem Chef stand, machte sie einen weiteren Knicks.

Petra und Klaus sahen, wie Horst offensichtlich eindringlich auf Sabine einredete. Diese schlug zwischendurch immer wieder die Hände vor das Gesicht, was wohl Scham oder Schuldgefühl ausdrücken sollte.

„Das nächste Mal lasse ich eine Kamera mit Mikrofon einbauen", murmelte Petra gedankenverloren vor sich hin.

Auf dem Bildschirm sahen sie und ihr Mitverschwörer, wie Horst zu einer Sitzgruppe ging und sich in einen Besuchersessel pflanzte. Sabine trat vor ihn hin und schob ihren kurzen Rock hoch. Darunter kam ein weißer Stringtanga zum Vorschein, den Klaus ebenfalls noch nie an ihr gesehen hatte.

Viel Zeit zum Wundern blieb ihm jedoch nicht, denn Horst und Sabine schritten mit ihrem Spiel zügig voran. Die beiden heimlichen Beobachter erwarteten nun eigentlich, dass ihre Ehepartner wilden Sex miteinander haben würden, aber genau das passierte erstmal nicht. Vielmehr wurden sie Zeugen, wie Horst seine Sekretärin über seine Knie zog und ihre Beine zwischen seinen festklemmte. Als sie sicher über seinen Knien lag, ließ er seine Hand wieder und wieder auf ihr Gesäß niedergehen. Auch wenn die Schläge so aussahen, als wenn sie nicht heftig seien, war das Bild unmissverständlich: Der Chef versohlte seiner Sekretärin das Hinterteil, das formal zwar von einem Höschen bedeckt war, aber weil es sich dabei um einen Stringtanga handelte, lagen die Pobacken blank und hüllenlos vor den Augen von Horst. Beide schienen an ihrer jeweiligen Rolle erkennbar großen Gefallen zu haben.

Petra warf einen raschen Seitenblick auf Klaus, der mit vor Erstaunen weit aufgerissenen Augen auf die Bildschirmszene starrte. Für Petra war die ‚Bestrafung' der Sekretärin nichts Neues, denn aus den Videoaufnahmen der vorangegangenen Tage wusste sie bereits davon. Allerdings hatte sie es vermieden, Klaus das ganze Ausmaß des Treibens seiner Frau zu offenbaren. Sie hatte die große Sorge, dass er Sabine dann sofort zur Rede stellen würde. Das widersprach jedoch Petras Intentionen, und so hatte sie ihm nur Standfotos mit Aufnahmen von ‚normalen' Sexszenen gezeigt.

Aber nun war die Stunde der Wahrheit gekommen und für Klaus wurden viele Details des Seitensprungs erkennbar. Es war für ihn ein Schock, und so starrte er eine gefühlte Ewigkeit regungslos auf den Bildschirm. Dort hatte Sabine inzwischen genug gebüßt, denn sie und Horst erhoben sich und gingen zu seinem Schreibtisch hinüber.

Petra stieß Klaus an: „Los, jetzt schleichen wir uns ins Vorzimmer und führen unseren Plan aus!"

Es brauchte eines weiteren und dieses Mal etwas derberen Stoßes, um bei Klaus eine Reaktion auszulösen.

„Ich kann es nicht glauben! Sie treibt es nicht nur mit einem anderen Kerl, sondern lässt sich von dem auch noch verdreschen! So ein elendes Schwein!"

Dann wurde ihm schlagartig bewusst, dass er gerade Petras Mann beleidigt hatte. Diese lächelte ihn jedoch nur sanft an –

und verpasste ihm im nächsten Moment eine saftige Ohrfeige. „Meinen Mann nenne nur ich ein Schwein, verstanden?" zischte sie, bevor sie wieder ganz sanft fortfuhr: „Aber du hast Recht, er ist ein Schwein, dazu noch ein widerliches. Aber keine Sorge, ich habe mir für ihn etwas Hübsches ausgedacht! Komm jetzt!"

Schnell klappte sie den Laptop zu und huschte im nächsten Moment auf den Flur. Klaus war von den Bildern auf dem Monitor und der gerade erhaltenen Ohrfeige etwas verwirrt, aber als Petra ein „Los jetzt, beweg dich endlich!" zischte, beeilte er sich, hinter ihr herzukommen.

Rasch verriegelte sie das Büro und eilte mit ihrem Komplizen zum Treppenhaus. Die Stufen zum nächsten Stockwerk waren rasch genommen und nun standen sie vor der Tür zum Vorzimmer der Geschäftsführung. Hier klappte Petra den Monitor auf und sofort erschien die aktuelle Szene im Büro von ihrem Mann: Sabine lag vollkommen nackt rücklings auf dem Schreibtisch und hatte ihre gespreizten Beine auf den Schultern ihres Liebhabers abgelegt. Dieser stand ebenfalls nackt zwischen ihren Beinen und anhand seiner Bewegungen war klar, dass er es seiner Sekretärin gerade tüchtig besorgte.

Klaus starrte einmal mehr benommen auf den Bildschirm, aber Petra hatte inzwischen die Bürotür aufgesperrt und zog ihn einfach am Arm hinter sich her. Vor der dicken Tür zum Büro ihres Mannes machte sie kurz halt und prüfte, ob sie verschlossen war – was sie nicht war. Rasch warf sie einen prüfenden Blick auf Klaus, rückte seine Weihnachtsmannmütze noch schnell etwas zurecht und streichelte ihm sanft über die Wange. Erstaunt sah er sie an. Immerhin hatte sie auf diese Weise seine volle Aufmerksamkeit gewonnen. Sie atmete tief durch, dann raunte sie: „Also dann: Auf geht's!"

Im nächsten Moment riss sie die Tür zum Büro ihres Mannes auf und mit einem lauten „Johoho, der Weihnachtsmann ist da!" stürmte sie hinein. Aus den Augenwinkeln sah sie, wie Klaus ihr folgte, der sich von ihrem Schwung hatte mitreißen lassen. Bis zuletzt hatte sie befürchtet, dass er doch noch aussteigen könnte.

Während Petra und Klaus in ihren Weihnachtsmannkostümen bis zum Schreibtisch stürmten, verharrten Horst und Sabine für einen Moment in einer Art Schockstarre. Dann jedoch fuhren sie wie von der Tarantel gestochen auseinander: Horst zog eilig sein Glied aus Sabines Vagina und eilte um den Schreibtisch herum, um ihn als Schutzschild zwischen sich und die Eindringlinge zu bringen. Sabine war von ihrem Liebhaber gerade in den Siebten Himmel gevögelt worden und hatte deutlich mehr Mühe, im Hier und Jetzt anzukommen. Nachdem Horst abrupt seinen Penis aus ihr gezogen hatte, versuchte sie zu registrieren, was eigentlich vor sich ging, aber so ganz gelang ihr das anfangs nicht. Der Anblick von einem Nikolaus und einer Nikolausfrau verwirrte sie nur noch mehr, und so stand sie nackt vor dem Schreibtisch und machte in ihrer Verwirrung keine Anstalten, ihre Scham zu bedecken. Klaus konnte deutlich sehen, wie sich aus ihrem Schlitz ein Faden von Lustsaft Richtung Boden bewegte. Als Sabine jedoch registrierte, dass nun zwei Fremde im Büro standen, hielt sie mit hastigen Bewegungen die Hände vor ihre Brüste und die Scham. Dadurch geriet der Lustsaftfaden in Schwingung, pendelte hin und her, bis er schließlich an ihrem Oberschenkel festklebte. All dies nahm Klaus wahr, als ob es in Zeitlupe geschah.

Er riss sich erst vom Anblick seiner nackten Frau los, als er die Stimme ihres Chefs hörte, die laut und voller Panik schrie: „Verdammte Banditen, ich rufe die Polizei!"

Mit einem schnellen Schritt war Petra bei ihm und drückte den Hörer auf die Gabel. „Wag es, und du bist erledigt!"

Auch wenn die Worte nur leise gezischt waren, ließen sie Horst innehalten. Erstaunt sah er sich die Nikolausfrau etwas genauer an und flüsterte unsicher: „Diese Stimme – wer?" Dann dämmerte ihm offensichtlich etwas, und mit ein wenig festerer Stimme fragte er: „Petra?"

„Allerdings!"

„Aber – was – was machst du hier? Um diese Zeit?"

„Das Gleiche sollte ich wohl besser dich fragen, oder?" Sie bedachte ihren Mann mit einem eisigen Lächeln.

„Äh, ja, na klar", stammelte ihr Mann, „aber das hier – äh – das ist nicht so, wie es – wie es vielleicht aussieht."

„Du vögelst deine Sekretärin auf dem Schreibtisch, was gibt es da zu missverstehen?", fragte sie zuckersüß.

„Äh – ja, das – also ich weiß auch nicht, das ist einfach so passiert."

„Einfach so, ja? Und wie oft ist es ,einfach so' passiert?"

„Das ist heute das erste Mal. Ehrlich, ich schwöre es!"

„Ts, ts, ts, ein Meineid!"

„Was? Wie kannst du so etwas sagen?"

„Weil seit zwei Wochen Kameras die Vorgänge in deinem Büro und im Vorzimmer aufzeichnen. Soll ich dir sagen, wie oft du deinen Schwanz in ihr hattest? Willst du immer noch an deinem Meineid festhalten?"

Horst sackte in sich zusammen. Mit den Kameras hatte er nicht gerechnet, aber er kannte seine Frau und glaubte es ihr sofort. Ihm war auch klar, dass seine Frau alle Bänder sicher deponiert haben würde. Verdammt, hätte er sich nur besser im Griff gehabt! Aber Sabine war so eine süße Zuckermaus, da hatte er einfach sein Glück versuchen müssen – und hatte bei ihr offene Türen eingerannt.

Müde deutete er auf Klaus: „Und wer ist das?"

Bevor Petra antworten konnte, tat das Sabine. Mit brüchiger Stimme hauchte sie: „Das ist Klaus, mein Mann."

Sabine wollte mit gesenktem Kopf zu ihren Kleidungsstücken gehen, aber Petras barsche Stimme stoppte sie: „Bleib stehen, du Flittchen, wir zwei haben uns auch noch zu unterhalten. Aber zuerst entschuldigst du dich bei deinem Mann."

Petra nickte Klaus aufmunternd zu. Als sie merkte, dass dieser unschlüssig war, ergriff sie wieder die Initiative: „Tja, mein lieber Horst, meine liebe Sabine, der Nikoklaus sieht alles! Wirklich alles! Deshalb wissen Klaus und ich auch, dass du, liebe Sabine, dich gerne überlegen lässt. Nun, ich denke, dass du für deine Seitensprünge einen tüchtigen Arschvoll verdient hast – dieses Mal aber keine harmlosen Patscher wie die von meinem Schwachkopf von Ehemann, sondern richtige Hiebe. Zuerst von mir, weil du es mit meinem Mann getrieben hast, und danach wird dein lieber Klaus sicher auch liebend gern gewillt sein, dir deinen Wunsch nach Schlägen zu erfüllen. Stimmt doch, Klaus, oder?"

Vollkommen überrumpelt entfuhr Klaus ein automatisches „Ja!"

„Gut, dann sind wir uns in diesem Punkt ja schon einig…"

Bevor Petra fortfahren konnte, meldete sich Sabine mit vor Schreck piepsender Stimme zu Wort: „Ich – ich – ja, ich mag es, etwas hintendrauf zu bekommen, aber doch nur so zum Spaß!"

„Tja, und nun ist aus Spaß ganz plötzlich Ernst geworden. Du bekommst eine ordentliche Wucht von mir und von deinem Mann und wirst beide ganz brav akzeptieren. Anderenfalls bist du auf der Stelle gefeuert, und wie das Arbeitszeugnis aussehen wird, kannst du dir ja sicher vorstellen!"

Während Sabine erblasste, mischte sich Horst ein: „Petra, bitte, mach mal einen Punkt! Das kannst du doch nicht machen!"

Die Angesprochene fuhr zu ihm herum und funkelte ihn nun voller Wut aus ihren grünen Augen an: „Oh doch, ich kann und ich werde! Aber du untreues Schwein, wirst ebenfalls von Klaus und mir einen gehörigen Arschvoll beziehen. Wenn du dich weigerst, bist du ebenfalls gefeuert!"

„Aber…"

„Kein ‚Aber' – die Firma gehört mir und ich habe das Sagen, also kann ich den Geschäftsführer jederzeit feuern. Wenn ich mich dann auch noch von dir scheiden lasse, bist du erledigt."

„Aber…"

„Hör mit dem bescheuerten ‚Aber' auf, du Arschloch! Wir haben einen Ehevertrag, da ist alles ganz genau geregelt! Ich habe die Firma in die Ehe eingebracht und bei einem Ehebruch bekommt der Fremdgänger nichts. Da du mich nachweislich mit deiner Sekretärin betrogen hast, kannst du dir ausrechnen, was du alles nicht bekommen wirst."

Horst wurde erst kalkweiß, dann fiel er müde auf seinen Stuhl, wo er zusammensackte.

‚Aus, alles aus', schoss es ihm durch den Kopf, ‚sie hat mich in der Hand!'

Petra wandte sich an Sabine und fragte kalt: „Irgendwelche Einwände gegen meinen Vorschlag?"

Hilfe suchend blickte Sabine zu ihrem Mann hinüber, der jedoch keine Miene verzog. Zwar verstand Klaus nicht genau, was genau hier gerade vor sich ging, aber er ahnte instinktiv, dass Petra einen Plan hatte und für ihn mitdachte. Das gefiel ihm, denn natürlich musste Sabines Untreue irgendeine Folge nach sich ziehen, aber eine Scheidung oder auch nur eine größere Ehekrise wollte er deswegen nicht heraufbeschwören. Wenn die Folge für ihr Handeln aber von Petra festgelegt wird und Sabine diese akzeptieren würde, würde er die Rolle des verständnisvollen Ehemannes leichter übernehmen können.

Obwohl Klaus innerlich aufgewühlt war und sich viele Gedanken machte, wirkte er nach außen vollkommen ruhig. Dieser Umstand verstärkte jedoch Sabines Dilemma, denn sie gewann den Eindruck, dass ihr Mann die von der 'Großen Chefin' verhängte Strafe gutheißen würde. Zwar schämte sie sich, von Petra und Klaus gezüchtigt zu werden, und sie hatte auch Angst vor den sicher harten Hieben, aber andererseits hatten die beiden schon so viel gesehen und auf Video, dass es auf eine weitere Demütigung wohl nicht mehr ankommen würde.

„Was ist nun?", fragte Petra barsch, „Arschvoll oder Kündigung, was ist dir lieber?"

Zaghaft fragte Sabine nach: „Wenn – wenn ich mich bestrafen lasse, ist dann alles vergeben? Und vergessen? Keine Kündigung, auch nicht später?"

„Genau, das ist die Abmachung."

Mit brüchiger Stimme hauchte Sabine daraufhin ein „Ja" als Antwort.

„Red gefälligst in ganzen Sätzen!", wurde sie angefaucht, „Außerdem hast du als Zeichen der Reue gefälligst um deine Strafe zu bitten, du Flittchen!"

„O - okay, ich – ich bitte –um meine Bestrafung für – für – das Fremdgehen mit ihrem- ihrem Mann."

„Na also. Und jetzt leg dich über den Schreibtisch und präsentiere mir deinen Hintern."

Zögernd und mit zitternden Beinen gehorchte Sabine. Nach einem kurzen Seitenblick auf ihren Geliebten nahm sie die angeordnete Stellung ein. Horst hatte sie auch des Öfteren so haben wollen, um sie von hinten zu nehmen, wobei er nicht immer nur ihre Vagina beglückt hatte.

Während Sabine sich in Position legte, öffnete Petra seelenruhig den mitgebrachten Sack. Sie griff hinein und zog diesmal eine Peitsche hervor.

Als Horst das Strafinstrument sah, huschte ein schmieriges Grinsen über sein Gesicht. Petra hatte es jedoch bemerkt und meinte lapidar: „Du brauchst dir keine Hoffnungen zu machen. Das ist eine Gummipeitsche, die zwar wie ein Rohrstock durchziehen kann und die Strafflächen hübsch rot prügelt, aber nach kurzer Zeit ist die Verfärbung spurlos verschwunden." Sie lachte ihrem Mann nun höhnisch ins Gesicht: „Es wird keine Striemen oder Hämatome geben, also keinen Beweis für irgendwelche Brutalitäten meinerseits, falls du darauf gehofft haben solltest."

Dass sie mit dieser Vermutung ins Schwarze getroffen hatte, bewies die erneute Blässe im Gesicht ihres Mannes.

„So, dann wollen wir mal. Willst du beginnen? Sie ist immerhin deine Frau."

Das Angebot überraschte Klaus, und da er schnell antworten sollte, schüttelte er den Kopf. Er hatte seine Frau noch nie geschlagen und war sich nicht sicher, ob er das überhaupt konnte. Wenn er aber versagen sollte, wäre die ganze Atmosphäre zerstört und wer weiß, ob Sabine und vor allem Horst dann nicht wieder Oberwasser bekommen würden.

Petra zuckte lediglich mit den Schultern und nahm dann seitlich von der übergelegten Sabine Aufstellung.

„So, du Flittchen, jetzt bekommst du die Strafe dafür, dass du es mit meinem Mann getrieben hast! Wage es ja nicht aufzuspringen, bevor ich mit dir fertig bin!"

Mit wild pochendem Herzen erwartete Sabine den ersten Hieb. Als er klatschend auf ihrer Kehrseite landete, schnappte sie nach Luft – der Schmerz war gewaltig, viel schlimmer als befürchtet.

Bevor sie ihren Mund für einen Schmerzenslaut öffnen konnte, platzierte Petra schon den nächsten Hieb. Diesmal entrang sich Sabines Kehle ein vernehmbares Stöhnen, das im Laufe der nächsten Minuten immer mehr anschwoll und schließlich in lautem Geschrei gipfelte.

„Ja, schrei nur", lachte Petra, und fügte nach einem Seitenblick auf Klaus hinzu: „Das ist das Büro des Geschäftsführers, hier werden viele streng vertrauliche Gespräche geführt, also ist alles bestens schallisoliert. Das Geschrei hört niemand außerhalb des Raumes." Dann setzte sie ungerührt die Bestrafung fort.

Sabine achtete nicht auf Petras Ausführungen zum Raum, dazu war sie viel zu sehr mit sich selber beschäftigt. Ihr gesamtes Gesäß brannte bereits nach wenigen Schlägen wie Feuer, und nach jedem Hieb schoss der Schmerz wie eine Feuerwalze durch ihren gesamten Körper. Längst schon lag sie nicht mehr still, sondern wälzte sich auf dem Schreibtisch hin und her – nach den letzten beiden Hieben war sie sogar kurz vor dem Aufspringen gewesen, aber noch hinderte sie ein winziger Rest von Logik, es auch tatsächlich zu tun. Sie wollte ihren Arbeitsplatz nicht verlieren, und auch ihren Mann wollte sie behalten. Vielleicht, so war ihre Hoffnung, würde ihn ihr Erdulden der Strafe gnädig stimmen und er sie nicht verlassen.

Petra bemerkte ebenfalls die zunehmenden Probleme von Sabine, aber sie wollte ihre Nebenbuhlerin gründlich bestrafen und nicht so billig davonkommen lassen.

„Los", wandte sie sich an Horst, „halt dein Flittchen fest. Wenn sie aufspringen sollte, wirst du das bitter bereuen!"

Zögernd erhob sich Horst von seinem Schreibtischstuhl.

„Beweg dich, du Aas!", schrie Petra. Im nächsten Moment heulte ihr Mann auf, weil sie ihm einen Peitschenhieb auf den Rücken verabreicht hatte. Immerhin beeilte er sich jetzt, um Sabines Hände zu packen.

„Tut mir leid", raunte er Sabine zu, „aber es ist besser, ihr zu gehorchen!"

Während Sabine von ihrem Geliebten mit eisernem Griff in ihrer Strafstellung gehalten wurde, strich Petra mit einer Hand prüfend über das malträtierte Gesäß. Mit einem Seitenblick auf Klaus meinte sie: „Alles gut, sie steckt die Hiebe gut weg." Dann setzte sie die Züchtigung ihrer Nebenbuhlerin fort.

Hieb auf Hieb klatschte auf das nackte Gesäß. Für Sabine wurde es die schlimmste Viertelstunde ihres Lebens! Noch nie zuvor hatte sie so eine lang andauernde und zudem harte Tracht Prügel bekommen! Von ihrem Elternhaus her war sie zwar eine strenge Erziehung gewohnt, und in der Pubertät wurde sie immer mal wieder wegen irgendeiner Dummheit versohlt, aber die heutige Züchtigung übertraf alles.

Als Petra endlich die Peitsche zum Zeichen des Bestrafungsendes sinken ließ, schrie Sabine nicht nur aus Leibeskräften, sondern es flossen auch ganze Flüsse von Tränen. Hinzu kam der Rotz, der aus ihrer Nase quoll.

„Du kannst jetzt aufstehen!"

Als Sabine nicht sofort reagierte, wurde sie von Petra angeblafft. „Hoch mit dir und ab in die Ecke!"

Jetzt registrierte Sabine, dass sie diesen Teil ihrer Strafe überstanden hatte. Stöhnend und mühevoll erhob sie sich aus ihrer Position. Als sie endlich auf sehr zittrigen Beinen stand, wirkte sie etwas unschlüssig. Petra ahnte, dass die Frau nach der bezogenen Wucht etwas durcheinander war und deshalb Anweisungen gedanklich nicht sofort verarbeiten konnten. Deshalb wiederholte sie ihre Anweisung: „Marsch in die Ecke! Ob du dort stehst oder aber auf den Knien liegst, ist mir egal. Wichtig ist, dass du Sau in der Ecke bist und dich für deinen schamlosen Seitensprung schämst!"

Jetzt hatte Sabine begriffen, was man von ihr wollte. Stöhnend wankte sie in die angezeigte Ecke und ließ sich erschöpft auf die Knie sinken. Dann schlug sie die Hände vor das Gesicht und begann hemmungslos zu weinen.

Klaus hatte die Züchtigung seiner Frau anfangs mit sehr ungutem Gefühl verfolgt, aber je mehr Hiebe sie bezog und ihr Geschrei anschwoll, desto enger wurde es in seiner Hose.

Offenbar erregte es ihn, seine Frau für ihren Seitensprung so leiden zu sehen. Längst schon hatte er die Weihnachtsmann-mütze abgenommen, aber jetzt entledigte er sich auch des roten Mantels.

Petra wandte sich indessen an Horst: „So, mein untreuer Ehemann, nun wollen wir mal sehen, ob du auch so hart im Nehmen bist wie dein Flittchen!"

Da sie das Ablegen des Mantels anders deutete, hielt sie Klaus wortlos die Peitsche hin. Als dieser zögerte, sie zu er-greifen, sagte sie: „Deine Frau kannst du nachher abstrafen, aber jetzt braucht sie unbedingt eine Erholungspause. Ich will meinen Arm ebenfalls ausruhen, damit ich nachher dem Fremdficker ordentlich einheizen kann. Also los, knöpf dir das Schwein vor, es hat immerhin hemmungslos mit deiner Frau gevögelt!" An Horst gewandt fragte sie süffisant: „Warum liegst du noch nicht über dem Schreibtisch? Muss ich doch einen Scheidungsanwalt anrufen?"

„Du – du bist ein brutales Miststück!", fauchte der Angespro-chene gereizt zurück.

Petra grinste nur überlegen: „Nur zu, beschimpf mich ruhig, das macht die Strafe nur viel schlimmer!"

„Du – du drohst mir?"

„Unsinn", erwiderte sie kalt, „das ist keine Drohung, sondern ein Versprechen! Und jetzt sei endlich ein Mann und akzeptie-re deine Strafe - oder gewöhn dich an den Gedanken vom Sozialhilfebezug, von dem du ab morgen leben musst."

Mit zornesdunklen Augen tat Horst, wie ihm befohlen war. Er hatte während Sabines Bestrafung nach einem Ausweg für sich gesucht, aber ihm war keiner eingefallen. Also musste er sich wohl oder übel beugen und sich schlimmer als jedes Kind auspeitschen lassen, dazu noch von dem Mann, den er gehörnt hatte. Dass die Bestrafung auch vor den Augen seiner Geliebten stattfinden würde, interessierte ihn nicht, da Sabine für ihn nur ein Zeitvertreib war.

Widerstrebend beugte er sich schließlich über den Schreibtisch. Trotz seiner misslichen Lage hatte er sich jedoch noch einen Rest Trotz bewahrt: „Na gut, dann fang schon an, du Arschgeige!"

Bei diesen Worten platzte Klaus die Hutschnur! Was erlaubte sich dieses Schwein? Erst vögelte er hemmungslos seine Frau und dann beschimpfte er ihn auch noch? Das war zuviel! Wütend griff er nach der Peitsche, die ihm Petra mit einem aufmunternden Nicken hinhielt. Dann schlug er zum ersten Mal in seinem Leben einen anderen Menschen!

Die Wut über die unverschämten Worte übertraf den Ärger wegen des Seitensprungs seiner Frau mit diesem aufgeblasenen Schnösel um ein Vielfaches. Jetzt bekam das Schwein die Quittung, und fast schon blind vor Zorn drosch Klaus auf seinen Nebenbuhler ein, dessen Hinterteil sich schnell dunkelrot verfärbte. Horst schrie wie am Spieß und hatte Mühe, seine Position zu halten, aber da er den starken Macker mimen wollte, war für ihn ein Aufspringen oder gar ein Winseln um Gnade keine Option.

Petra sah sich das Ganze kurz an, aber nach einem halben Dutzend Hiebe hielt sie Klaus' Schlaghand fest: „Nicht ganz so blindlings zuschlagen", raunte sie ihm für die anderen unhörbar zu, „wenn du ihn verletzt, haben wir ein gewaltiges Problem. Sei bedächtig und ziel nur auf seinen feisten Arsch."

Klaus sah Petra an, atmete tief durch und nickte schließlich bestätigend. Dann setzte er sein Werk fort. Obwohl er nie viel Sport gemacht und damit auch seine Armmuskulatur nicht gut trainiert hatte, konnte er deutlich länger als Petra härtere Hiebe setzen. Das überraschte ihn, aber er nutzte es weidlich aus!

Zwischendurch stoppte ihn Petra immer wieder, um prüfend über Horst' Gesäß zu fahren. Dabei ließ sie es sich nicht nehmen, den untreuen Ehemann immer wieder mit ihren spitzen Fingernägeln heftig in die Hoden zu kneifen. Horst quittierte das jedes Mal mit einem schmerzerfüllten Quieken.

„Ist – ist das nicht gefährlich?" erhob sich neben Petra zaghaft eine dünne Stimme. Sabine hatte sich inzwischen etwas erholt und war leise hinter die Gruppe getreten, um die Bestrafung ihres Liebhabers zu verfolgen. Immerhin hatte sie selber eben noch dort gelegen und war verdroschen worden – jetzt war sie trotz aller Schmerzen und auch ihrer Angst vor Petra neugierig, wie so etwas aus der anderen Perspektive aussah.

Petra warf ihr einen prüfenden Blick zu, den Sabine als Tadel empfand. Sofort senkte sie den Blick und verhakte immer wieder aufs Neue ihre Finger vor ihrem nackten Körper.

„Nein", beantwortete Petra die Frage überraschend sanft, „wenn man es richtig macht, ist es für den Mann sehr unangenehm, aber nicht gefährlich. Man muss sich nur vorher gut informieren und es anfangs sehr oft üben."

Während Sabine verstehend nickte, wurde die Lage für Horst mit zunehmender Strafdauer immer unangenehmer. Längst schon bereute er, seinen Nebenbuhler mit den markigen Worten gereizt zu haben! Wie konnte er aber auch ahnen, dass dieser Klaus tatsächlich ernst machen würde? Horst hatte ihn während Sabines Bestrafung genau beobachtet und angenommen, dass er viel zu verweichlicht sei, um tatsächlich eine richtige Züchtigung vorzunehmen. Nun machte Horst die schmerzhafte Erfahrung, dass er sich getäuscht hatte!

Auf Grund von Klaus' überraschend guter Kondition dauerte die Auspeitschung von Horst mehr als doppelt so lange wie die von Sabine. Als der Gepeinigte schließlich mit seinen Kräften und seiner Beherrschung am Ende war, aber sein Peiniger keine Anstalten des Aufhörens machte, brach schließlich seine Fassade wie ein Kartenhaus zusammen und er erniedrigte sich vor Klaus: „Aufhören!!! Bitte, bitte, aufhören!" Dann fügte er das magische Wort „Gnade!!!" hinzu

Jetzt hielt Klaus verblüfft inne. Während Horst in einen Tränenschwall ausbrach, trat Petra an ihn heran: „Du möchtest, dass Klaus Gnade walten lässt?"

„J – ja, bitte, bitte!", schluchzte der Angesprochene. Er war am Ende seiner Kräfte und wollte nur noch von hier weg.

Petra musterte ihn ausgiebig, dann signalisierte sie Klaus: „Er ist fertig, völlig am Ende. Wenn er sich jetzt bei dir entschuldigt, solltest du es dabei bewenden lassen."

Als dieser zustimmend nickte, fuhr sie an ihren Mann gewandt fort: „Also entschuldige dich bei Klaus dafür, dass du seine Frau verführt hast, und für die ‚Arschgeige', den du ihm vorhin an den Kopf geworfen hast!"

„Ja, ja – es tut mir leid!!!", jammerte Horst.

Doch Petra war unnachgiebig: „Das reicht nicht! Also noch mal!"

„Es – es tut mir leid, dass ich – dass ich deine Frau gefi – äh, ich meine, dass ich – dass ich sie verführt habe. Es tut mir leid, dass ich dich vorhin ‚Arschgeige' genannt habe", presste er zwischen seinen Zähnen hervor.

Petra wandte sich an Klaus: „Genügt dir das als Entschuldigung?"

„Ja, ich denke schon." Als er sah, wie Petra die Stirn in Falten legte, ergänzte er hastig: „Ja, das genügt mir!"

„Na gut, dann wäre dieser Punkt also auch abgehakt."

Zusammen mit Klaus half Petra ihrem Mann beim Verlassen des Schreibtisches. Sie schleiften ihn zu einem Besuchersessel, wo sie ihn hineinsetzten. Kaum berührte jedoch sein malträtiertes Hinterteil die Sitzfläche, als er vor Schmerz laut aufstöhnte und beinahe wieder aufgesprungen wäre, aber dann ließ er sich doch vorsichtig auf dem weichen Sitz nieder. Stöhnend saß er mit geschlossenen Augen da, während Tränen und Schweiß sein Gesicht hinab rannen und sich am Hals zu einem großen Fluss vereinigten.

Als Horst schließlich saß, wandte sich Petra an Klaus und Sabine: „Jetzt solltest du deine Frau für ihren Seitensprung gehörig durchprügeln."

Als sie Sabines entsetzten Blick bemerkte, fügte sie beinahe beschwichtigend hinzu: „So, wie er meinen Mann ausgepeitscht hat, hat er schon viel von seiner Kraft und Kondition verbraucht. Da ist nicht mehr viel für dich übrig, aber Strafe muss sein!"

„O Gott, mein Hintern brennt doch schon wie Höllenfeuer", jammerte die Angesprochene, „noch mehr Schläge ertrage ich nicht!"

Petra blieb hart: „Strafe muss sein! Aber vielleicht hat dein Mann ja Mitleid mit dir und will dir lieber mit der Hand die Schenkel prügeln?"

„Nein, nein", begehrte Klaus gegen den Vorschlag auf, „dann gibt das blaue Flecken und sie kann tagelang keinen Minirock anziehen!"

Als ihn die beiden Frauen fragend ansahen, räumte er kleinlaut ein: „Für mich hat sie nie kurze Röcke angezogen, aber ich fand das vorhin total geil und will sie öfter so sehen. Da stören doch dann blaue Flecken nur, und die gibt es bei Schlägen mit der Hand, das kann man nicht verhindern."

„Nimm doch die Gummipeitsche", schlug Petra vor.

„Nee, danke, lieber nicht", druckste Klaus herum, „das ist mir bei den zarten Beinen meiner Frau dann doch zu heftig."

„Was willst du also machen?"

„Ich werde sie übers Knie legen, so wie es dein Mann vorhin mit ihr gemacht hat."

„Einverstanden", erwiderte Petra, „es ist deine Frau, also kannst du die Strafe bestimmen. Sie hat ja zugestimmt, alles zu akzeptieren, wenn danach alles wieder gut sein wird."

„Ja", bestätigte Klaus, dem man eine gewisse Verlegenheit anmerkte.

„Du weißt ja, wo Horst gesessen hat", half ihm Petra darüber hinweg. Ihr war klar, dass ihn nicht nur die Situation mit seiner Frau und ihrem Horst aufwühlte, sondern auch die Räumlichkeit – immerhin befanden sie sich im Büro des Geschäftsführers, was für Klaus und die Bestrafung seiner untreuen Ehefrau eine ungewohnte Atmosphäre sein musste.

Doch trotz des mulmigen Gefühls in seiner Magengegend wollte sich Klaus nun keine Blöße geben. Die gesamte Aktion war ohnehin schon so weit fortgeschritten, dass er jetzt so kurz vor dem Ende keine Schwäche zeigen wollte. Also ging er rasch zu dem Sessel hinüber und nahm Platz. Mit einer für ihn ungewohnt herrischen Geste winkte er Sabine zu sich her und bedeutete ihr, sich über seine Knie zu legen.

Sabine sah ihren Mann prüfend an, aber der wich ihrem Blick aus. Als sie zögerte, klopfte er kurz auf seine Beine, und mit einem tiefen Seufzer legte sich Sabine über.

„Die Beine festklemmen", raunte ihm Petra zu.

Instinktiv tat Klaus, wie ihm geraten wurde. Nun lag seine Frau quer über seinem Schoß, und ihr nacktes Hinterteil ragte verführerisch in die Höhe. Zwar war es wegen Petras strenger Behandlung noch immer dunkelrot, aber gerade das übte auf Klaus einen beinahe magischen Reiz aus. Mit sanften Bewegungen fuhr seine Hand über Sabines nacktes Gesäß, das bereits heftig gelitten hatte. Nun sollte der zweite Teil von ihrer Bestrafung folgen, und was er sich bislang nicht hatte vorstellen könne, fiel ihm nun ganz leicht: Er hob die Hand und ließ sie mit einem Patschen auf Sabines Kehrseite niedergehen. Natürlich war dieser erste Schlag geradezu sanft ausgefallen, weshalb die Delinquentin nur kurz zuckte – und das auch nur, weil ihr Hinterteil nach der Behandlung mit der Gummipeitsche überaus schmerzempfindlich war.

Doch ihr Mann war lernfähig. Schon der nächste Hieb traf sie etwas fester, und das steigerte sich noch etwas, bis Klaus die richtige Strenge gefunden hatte. Nun klatschte er seiner Frau das Hinterteil gehörig aus. Zwischendrin machte er aber wie bei Petra gesehen Pausen, um mit der Hand sanft, beinahe zärtlich über die Straffläche zu fahren. Er spürte jedes Zappeln und jedes Zucken seiner Frau, was in ihm völlig unterwartet Lust entfachte. Sein kleiner Freund wuchs an, was schließlich auch Sabine trotz ihrer misslichen Lage deutlich spüren konnte. Als Klaus seine Hand dann auch noch zwischen Sabines Beine und über ihr Geschlecht führte, stöhnten beide fast zeitgleich auf. Zwar registrierte er das nicht, aber er bemerkte die leichte Feuchtigkeit, die nur ihrem Schlitz entsprungen sein konnte. Das ließ seine innere Hitze in ungeahnte Höhen schnellen und sein Glied drückte jetzt wegen seiner vollen Länge schmerzhaft gegen den Hosenstoff.

Nun ließ Klaus seine Hand mehrmals hart hintereinander auf die nackten Globen knallen. Dann fuhr er mit der Hand wieder prüfend den Schlitz entlang. Als Sabine lustvoll stöhnte, konnte er nicht widerstehen und zwirbelte ihre Schamlippen. Sofort schwoll ihr Luststöhnen an. Kurz bevor sich Sabine gänzlich dem Wohlgefühl hingeben konnte, bekam sie schon wieder kräftige Hiebe auf den Po.

Nun wechselten sich Hiebe und Fingerspiel ab. Klaus hatte zusehends Mühe, sich vor lauter Lust auf die Hiebe zu konzentrieren, so dass deren Intensität immer schwächer wurde. Sabine wiederum befand sich in einem steten Wechsel von Schmerz und Lust – und strebte schließlich unaufhaltsam einem Höhepunkt entgegen! Als sie schließlich einen Orgasmus in den Raum heulte, war es um seine restliche Beherrschung geschehen, er wollte seine Frau jetzt nehmen und sich Erleichterung verschaffen.

Petra hatte die Zeichen richtig erkannt und zog Sabine wortlos an den Haaren in eine stehende Position. Dann schleifte sie die Frau hinüber zum Schreibtisch und herrschte sie an: „Los, überlegen! Jetzt wirst du Flittchen gefickt!"

Dann winkte sie Klaus zu sich heran. Nach einem raschen Griff an dessen gewaltige Beule in der Hose schmunzelte sie: „Du hast es aber ziemlich nötig! Also los, worauf wartest du noch!?!"

Sofort ließ er Hose und Unterhose fallen und trat hinter seine Frau. Diese reckte ihm bereits in froher Erwartung ihren Unterleib entgegen und erschauerte wohlig in Erwartung seines Schwengels, der ihren brennenden Schlitz löschen würde.

Petra trat kurz hinter Klaus und raunte ihm zu: „Fick sie in den Hintern, nach den vielen Hieben mit Peitsche und Hand ist sie da empfindlicher und hat Lust und Strafe zugleich!"

Ein Grinsen überzog sein Gesicht. Er hatte den Rat verstanden und befolgte ihn umgehend: Er führte die Eichel zu ihrem Hintereingang, und noch ehe sie sein Vorhaben begriff, drang er ohne große Sentimentalität in Sabines Poloch ein. Dort verharrte er nicht lange, sondern lebte seine Lust aus. Am Gesang seiner Frau konnte er hören, dass ihr dieser Akt große Freude bereitete, auch wenn sich immer wieder leise Schmerzenslaute darunter mischten. Gnadenlos zog er sein Glied immer wieder zurück, um es sogleich wieder derb in den engen Gang zu treiben. Immer wieder stieß seine Schwanzspitze vorne an, aber er konnte nicht sagen, was er traf. Es war ihm auch egal, er lebte in diesem Moment einfach nur seine Lust aus.

So aufgeheizt, wie Klaus durch die Gesamtsituation war, dauerte es nur kurze Zeit, bis es ihm kam. Sein Samen schoss kraftvoll aus ihm heraus und überschwemmte ihren Darm.

Nach dem letzten Zucken zog er sein Glied langsam zurück. Es schmatzte laut, als es aus ihrem Poloch kam.

Wortlos reichte Petra ihm den Slip von seiner Frau. Ohne groß nachzudenken, säuberte Klaus damit sein Glied. Als er fertig war, zog Petra die verklärt dreinblickende Sabine an den Haaren in die Höhe und reichte ihr das reichlich durchnässte Höschen.

„Anziehen!" Als Sabine sie verständnislos anstarrte, fügte sie hinzu: „Ich will nicht, dass der Saft aus deinem Hintern auf den schönen Fußboden tropft!"

Mechanisch gehorchte Sabine und zog sich den Stringtanga an. Das schmale Band in ihrer Pokerbe konnte nicht verhindern, dass sich Samenfäden daran vorbeimogelten, aber anstatt auf den Boden zu tropfen, schlängelten sie sich langsam ihre Beine hinab.

Dann stand Sabine in ihrer spärlichen Bekleidung unschlüssig im Raum. Aber nicht lange, denn schon kommandierte Petra: „Ab in die Ecke und keinen Mucks!"

Ohne zu zögern eilte die Angesprochene zu der ihr bereits bekannten Ecke und nahm mit dem Gesicht zur Wand Aufstellung.

In ihrem Rücken wandte sich Petra währenddessen an ihren untreuen Ehemann: „So, du mieses Schwein, jetzt folgt der zweite Teil von deiner Strafe. Du weißt, was du zu tun hast!"

Horst warf seiner Frau einen kalten Blick zu, der mit einem großen Anteil von Ekel angereichert war. Aber er gehorchte widerspruchslos. Aus Erfahrung war ihm bekannt, dass seine Frau einen einmal gefassten Entschluss immer vollständig umzusetzen pflegte. Wenn sich Horst jetzt nicht fügte, konnte er morgen zum Sozialamt gehen und würde dort Dauergast werden.

Kaum hatte er die ihm inzwischen sehr gut bekannte Position eingenommen, als Petra auch schon die Gummipeitsche schwang. Ein kräftiger Schlag traf seine Kehrseite und ließ ihn entgegen seiner Absicht laut aufstöhnen. Die sehr harten Hiebe von Klaus waren eine exzellente Vorarbeit für ihre Strafe, und auch leichtere Peitschenhiebe würde ihr untreuer Ehemann in diesem Zustand mehr als deutlich spüren.

Rasch prüfte sie die Wirkung ihres Schlages. Da sie von seiner Wirkung nicht ganz befriedigt war, fiel der nächste Hieb deutlich härter aus. Mit der folgenden Reaktion von Schmerzenslaut und heftigem Winden des Körpers war sie schon etwas zufriedener. Nach einer nochmaligen Steigerung zeigte Horst die von ihr gewünschte Reaktion. Jetzt schlug sie mit gleich bleibender Härte unnachgiebig zu. Wieder und wieder biss die Peitsche in sein Gesäß, dessen Farbe schnell ins Dunkelrot wechselte.

Eine rachsüchtige Frau ist ein furchtbarer Gegner, und Petra war voller Rachegedanken. Mit der Peitsche malträtierte sie seine Globen, während sie mit der anderen Hand zwischendurch immer wieder in seine Hoden kniff. Bei jedem Griff quiekte Horst wie ein Schwein, und das noch lauter als bei den Peitschenhieben.

Nach mehr als zwanzig Minuten fielen die Reaktionen auf die Kniffe jedoch immer spärlicher aus. Für Petra war klar, dass ihr Mann seine Schmerzgrenze erreicht hatte und die Schmerzen nicht mehr richtig registrierte. Sie wusste, dass ab einem gewissen Punkt der Geist eines Geprügelten die

Schmerzen ausblendete, und während der Körper litt, bekam der Geist davon nichts mehr mit. Für sie war dies das Zeichen, mit der Bestrafung aufzuhören.

„Steh auf, du Mistkerl!"

Als Horst nicht gleich reagierte, gab sie Klaus ein Zeichen, ihrem Mann zu helfen.

Endlich stand Horst aufrecht, wenngleich seine Beine sichtbar zitterten. Ohne den Griff von Klaus wäre er einfach umgefallen.

Petra bedeutete Klaus, ihr mit Horst zu folgen. Als sie an Sabine vorbeikamen, rief sie: „He, Flittchen, mitkommen!"

Tatsächlich reagierte Sabine auf die unfreundliche Anrede. Eigentlich hatte sie ja gehofft, dass mit der letzten Züchtigung alles vorüber wäre und sie nach Hause könne, aber offensichtlich hatte Petra noch etwas mit ihnen vor.

Petra führte die kleine Gruppe auf den Flur zu den Toiletten. Dort setzten sie Horst in einer Kabine der Herrentoilette ab. Die Tür zum Flur wurde abgeschlossen, dann ging es nebenan in die Damentoilette. Dort wurde Sabine eingesperrt.

Mit Klaus im Schlepptau kehrte Petra in das Büro ihres Mannes zurück.

„Das war es also, unsere Mission ist beendet. Die Untreuen sind bestraft und wir erschöpft." Als er nickte, fuhr sie ohne Umschweife fort: „Dir hat meine Züchtigung deiner Frau gefallen, nicht wahr?"

Während sich Petra an den Schreibtisch ihres Mannes lehnte und ihn scharf musterte, wand sich Klaus bei der Antwort:

„Na ja, irgendwie schon, aber wann - ich meine, eine Frau, die von einer anderen Frau – ausgepeitscht wird.... Das, ja, es stimmt schon, dass mich das angetörnt hat."

„Ich habe aber auch bemerkt, mit wie viel Spaß du Sabine dann selber versohlt hast."

Er nickte stumm.

„Ich hatte auch den Eindruck, dass du selber gerne mal die Peitsche kosten würdest. Stimmt's oder habe ich Recht?" Sie lächelte ihn freundlich an.

Gerade dieses Lächeln gab ihm den nötigen Mut: „Ja, schon, irgendwie wüsste ich - schon gerne, wie - sich - das - so anfühlt", stammelte er.

„Na dann: Hose runter und bücken!", kommandierte Petra.

Ungläubig starrte Klaus sie an.

„Da du nichts von der Untreue deiner Frau bemerkt haben willst, werde ich dir eine kleine Lektion erteilen, damit du in Zukunft mehr auf deine Frau achtest!", lachte diese.

„Meinst du – das ernst, mit der Peitsche und - mir?", fragte er zaghaft.

„Natürlich! Du willst wissen, wie sich das anfühlt, und ich werde es dir zeigen."

Langsam ließ Klaus die Hosen fallen und bückte sich über den Schreibtisch, von dem Petra wegtrat, um die Gummipeitsche zu holen.

„Bitte nicht so viele Hiebe, und auch nicht so fest!", bettelte Klaus, dem das Ganze jetzt doch sehr unangenehm war.

„Keine Sorge, du bekommst nur ein halbes Dutzend Schläge zum Kennen lernen", beruhigte sie ihn.

Dann ging es los. Petra war sich ihrer Verantwortung voll und ganz bewusst. Die sparsam dosierten Peitschenhiebe röteten seine Haut nur leicht, aber dennoch zwackten sie ihn gehörig. Er wagte sich nicht auszumalen, wie Horst und Sabine unter den wesentlich härteren Schlägen gelitten hatten.

Als er seine Kostprobe aufgezählt bekommen hatte, brachte Klaus rasch seine Kleidung in Ordnung. Dann sah er Petra in die Augen und sagte: „Danke! Ganz herzlichen Dank für dieses Erlebnis!"

„Wie hat es dir gefallen?"

Er dachte kurz nach. „Gut, sogar sehr gut."

„Wenn du mehr oder öfter Hiebe haben willst, solltest du deine Frau dazu bringen, dich bei Bedarf zu bestrafen. Ihr könnt euch auch gegenseitig züchtigen, womit du ja bereits Erfahrung hast."

„Ja, das werden wir mit Sicherheit besprechen", grinste er. Dann wurde er ernst: „Sollten wir Horst und Sabine nicht langsam befreien und nach Hause fahren?"

„Natürlich", nickte Petra, „aber zuerst darfst du dich bei mir bedanken, sowohl für die Ahndung der Untreue deiner Frau als auch dafür, dass ich dich auf einen neuen Gedanken für euer Liebesleben gebracht habe."

„Äh – ich verstehe nicht..."

Wortlos ging Petra zu einem Besuchersessel und nahm darauf Platz. Dann schob sie ihr Weihnachtsfraukleid hoch bis zu den Hüften und entledigte sich ihres Slips.

„Ich will, dass du mich zum Dank verwöhnst."

Klaus dämmerte, dass sie Sex wollte. Doch gerade, als er seine Hose öffnen wollte, winkte sie ab: „Mit deinem Schwanz hast du Sabine in den Hintern gevögelt, schon vergessen? Damit kommst du mir nicht in meine Möse! Benutz gefälligst deine Zunge!

Obwohl er schon wieder seine Lust überdeutlich spüren konnte und die Erektion erneut unangenehm gegen den Stoff drückte, akzeptierte er ihren Einwand. Also trat er an sie heran und ließ sich auf die Knie fallen. Dann näherte er sich ihrem Lustloch. Je näher ihm sein Kopf kam, desto deutlicher konnte er den Geruch frischen Mösensaftes wahrnehmen. Tatsächlich war ihre Spalte bereits klatschnass. Sanft küsste er die Schamlippen, bevor er mit seiner Zunge so tief wie möglich in ihren Schlitz fuhr. Dort bewegte er sie mal schnell, mal langsam. An Petras Reaktionen konnte er ablesen, wie weit sie von einem Orgasmus entfernt war. Er quälte sie, denn kurz vor der Erlösung wurden seine Anstrengungen sparsamer, bis sie sich wieder etwas beruhigt hatte. Dann intensivierte er sie wieder.

Nachdem er das Spiel dreimal wiederholt hatte, erkannte er, dass mehr nicht ginge. Also leckte er sie jetzt voller Hingabe und bescherte ihr einen wunderbaren Orgasmus. Danach blieb er die ganze Zeit zwischen ihren Beinen und schleckte den reichlich fließenden Lustsaft auf.

Als sie sich wieder etwas beruhigt hatte, wollte er sich erheben.

„Bleib", keuchte sie, „mach es mir noch mal!"

„Aber…"

„Bitte, bitte, leck mich noch mal!"

Er konnte nicht widerstehen und besorgte es ihr schließlich zwei weitere Mal mit der Zunge.

Endlich war Petra befriedigt. Sie stopfte ihren Slip achtlos in eine Tasche ihres Kleides und sammelte die Peitsche und alle abgelegten Sachen ein.

Klaus beobachtete sie. Seine Erektion war gewaltig, und er wollte sich unbedingt erleichtern.

Endlich wagte er zu fragen: „Was ist mit mir? Ich habe eine gewaltige Erektion und brauche auch Erleichterung!"

„Nein, dafür ist deine Frau zuständig. Sie hat einiges bei dir wieder gutzumachen, also kann sie dir entweder einen blasen oder du vögelst sie wieder in ihren gepeitschten Hintern. Ich werde deinen Schwanz jedenfalls nicht beglücken, denn sonst wäre ich ja auch nicht besser als sie."

Bedauernd zuckte Klaus mit den Achseln. Die Wiedergutmachungspflicht von Sabine leuchtete ihm jedoch ein.

Nachdem sie Horst und Sabine aus ihrem Gefängnis befreit hatten, gingen alle vier durch das stille Gebäude und verließen es durch den kleinen Seiteneingang.

An Horst gewandt, rief Petra nur: „Hau ab! Wenn ich nach Hause komme, bist du verschwunden. Schick mir eine E-Mail, in welchem Hotel ich dich die nächsten vier Wochen erreichen kann."

Während Horst mit einem recht staksigem Gang davoneilte, verabschiedete sich Petra mit einer Umarmung und zwei Wangenküssen von Klaus: „Danke für deine Hilfe! Alleine hätte ich das nicht durchgestanden!"

Sabine bekam von ihr zum Abschied zwei spielerische Ohrfeigen: „Tschüs, Flittchen! Sei deinem Mann jetzt bloß treu, er ist auf den Geschmack gekommen, was körperliche Züchtigungen angeht!"

„Ja, ich – ich werde ihm jetzt treu sein", hauchte die Angesprochene, und es klang abgrundtief ehrlich. „Aber – äh – was ist mit – mit meiner Arbeit?", wagte sie dann doch noch zu fragen. Angsterfüllt blickte sie auf Petra, ihre große Chefin.

„Alles wie gehabt", erwiderte diese achselzuckend, „du machst die gleiche Arbeit wie bisher, nur trägst du ab sofort knielange Kleider oder Röcke."

„Warum?", entfuhr es ihr verblüfft. Auch ihr Mann schaute bei dieser Forderung irritiert drein.

„Ganz einfach", lachte Petra, „dann kann ich dir bei irgendeinem Fehlverhalten schnell den Rock heben und den Schlüpfer strammziehen!"

Als Sabine erleichtert lachte, fügte ihre Chefin hinzu: „Und das werde ich recht häufig machen, einen entsprechenden Anlass werde ich immer haben! Also mach deine Arbeit lieber ordentlich! Ich werde immer einen Rohrstock im Schrank haben!"

In diesem Moment dämmerte Sabine, dass sie von nun an strengen Zeiten entgegensah, nicht nur daheim, sondern auch im Büro. Doch anstatt vor Furcht zu zittern, wurde sie zwischen den Beinen feucht, sehr feucht...

Als ihr Klaus leise zuflüsterte: „Ich möchte zwischendurch auch immer mal wieder etwas hinten drauf bekommen!" schaute sie kurz irritiert drein, aber dann huschte für einen kurzen Moment ein verstehendes Lächeln über ihr Gesicht.

Nun machten sich alle an den Aufbruch. Als erstes fuhr Petra vom Hof. Klaus wollte so schnell wie möglich nach Hause, doch dann überlegte er es sich anders. Vor der Abfahrt musste Sabine erst den Penis ihres Mannes lutschen, weil er sich sonst nicht auf das Fahren hätte konzentrieren können. Als es ihm kam, schluckte sie wie selbstverständlich seinen Samen. Es war ihr dabei völlig egal, dass das Glied erst vor kurzem in ihrem Anus war. Dieser Nikolausabend hatte ihre Ehe grundlegend verändert – und zwar zum Besseren!

Aufgespürt!

Kleine Schneeflocken segelten leise und majestätisch auf die menschenleere Straße und bedeckten alles mit ihrer weißen Pracht. Wenn sich der Schneefall noch etwas steigern würde, wäre in drei Tagen alles unter einer dicken Schneeschicht verborgen – pünktlich zu Weihnachten.

‚Wann haben wir eigentlich die letzte weiße Weihnacht gehabt?', fragte sich Anette und betätigte kurz den Scheibenwischer, um wieder freie Sicht auf die gegenüberliegende Straßenseite zu bekommen. Ein nur kurzfristiger Erfolg, denn schon legten sich die nächsten Schneeflocken auf die Scheibe und verharrten dort für einen kurzen Moment. Dann zeigte die laufende Standheizung ihre Wirkung, und wie in einem Todeskampf verzerrten sich die winzigen Gebilde. Im nächsten Augenblick war die wunderschöne und so kurzlebige Gestalt verschwunden, und an ihrer Stelle befand sich nur noch ein kleiner Wassertropfen, das Skelett einer jeden Schneeflocke.

Während die Außentemperatur bei zwei Grad Celsius unter Null lag, war es im Inneren von Anettes Wagen angenehm warm. Obwohl: Streng genommen war das nicht ihr Wagen, sondern nur ein Leihwagen, den sie extra für den heutigen Tag bestellt hatte. Wenn sie ihren Uwe auf frischer Tat erwischen wollte, musste sie ihn so unauffällig wie möglich beschatten, und das ging nur mit einem Wagen, dessen Aussehen und vor allem Kennzeichen er nicht kannte.

Die Standheizung leistete gute Arbeit. Obwohl sie nur auf die mittlere Stufe eingestellt war, hielt sich im Wageninneren eine sehr kuschelige Wärme, die zusammen mit der leisen Weihnachtsmusik eines Radiosenders eine sinnliche Atmosphäre verbreitete.

Vielleicht war es genau diese Atmosphäre der Behaglichkeit und der Ruhe, die Anettes angespannten Körper langsam zur Ruhe kommen ließ. Immerhin saß sie schon seit zwei Stunden in dieser Blechdose von Auto fest. Langsam fielen ihr die Augen zu, aber sofort schreckte sie wieder hoch aus Sorge, dass ihr etwas entgehen würde. Ihr wachsamer Blick streifte den Eingang der Gaststätte und dann die Straße entlang, aber ihr Uwe war weit und breit nicht zu sehen. Nach wenigen Minuten entspannte sie sich wieder, nur um kurz darauf erneut kurz einzunicken und ebenso schnell hochzuschrecken.

‚Komisch', dachte sie, ‚im Fernsehen wirken solche Observationen überhaupt nicht langweilig, und die Kommissare wirken immer wach und ausgeruht. Mache ich etwas falsch?'

Sie griff erneut zur Thermoskanne und füllte zum wiederholten Male ihren Becher mit dem extra stark gekochten Kaffee. Beim Wegstellen fühlte sich die Kanne schon sehr leicht an, und sie registrierte mit Schrecken, dass ihr allmählich der Kaffee ausging. Das wäre eine Katastrophe, denn ohne die belebende Wirkung des Koffeins würde sie bei der kuscheligen Atmosphäre in ihrem Wagen binnen kürzester Zeit eingeschlafen sein. Sollte sie die Beobachtung aufgeben? Zweifel an dem Sinn und dem Nutzen ihrer Aktion kamen auf und begannen, an ihr zu nagen.

Schließlich zwang sich Anette zur Disziplin. Während sie an ihrem Becher nippte und sich sofort den Mund verbrannte, starrte sie wieder angestrengt auf den Eingang der Gaststätte. Dort feierte die Firma, in der ihr Mann arbeitete, wie in jedem Jahr ihre Weihnachtsfeier. Inzwischen dürften die Reden und das Essen beendet sein, so dass sicher schon der gemütliche Teil des Abends begonnen hatte.

Langsam verstrich die Zeit. Inzwischen war die dritte Stunde herum, und von Uwe war immer noch nichts zu sehen. Zwar waren ständig Leute vor die Tür getreten, aber die wollten nur schnell eine Zigarette rauchen. Nebenbei schwatzten sie miteinander und einige Mutige flirteten mit den weiblichen Rauchern. Selbst aus der Entfernung ihres Standortes konnte Anette erkennen, dass die Leute allesamt schon reichlich Alkohol getrunken hatten. Einige von ihnen kannte sie von diversen Veranstaltungen, zu denen auch die Ehepartner des Personals eingeladen waren, mit Namen, andere hingegen nur vom Sehen. Bestimmt waren sie sich im Laufe der Jahre vorgestellt worden, aber der eine oder andere Name war ihr entfallen. Immerhin wusste sie aus den Erzählungen ihres Mannes, dass einige Mitarbeiter nur selten dem Alkohol zusprachen, was man bei ihrem heutigen Anblick kaum glauben mochte. Wahrscheinlich war eine betriebliche Weihnachtsfeier eine Ausnahmesituation, in der sie ihre sonst übliche Zurückhaltung aufgaben. Allerdings nicht nur in Bezug auf den Alkoholkonsum, sondern auch im Hinblick auf das andere Geschlecht: Wenn sie sich nicht sehr täuschte, hatte der sonst eher schüchterne Gerd gerade seine Hand unter den Pullover einer Sekretärin gesteckt, der das sehr zu gefallen schien.

Von ihrem Uwe hatte Anette bislang allerdings noch nichts gesehen. Da er überzeugter Nichtraucher war, wunderte es sie nicht weiter, dass er nicht vor die Tür trat. Weniger wundern würde sie sich jedoch, wenn er im Inneren der Gaststätte flirten würde, denn dass er gerne hübschen Frauen nachschaute, war Anette im Laufe ihrer insgesamt zweiundzwanzigjährigen Beziehung, davon immerhin achtzehn Jahre als Eheleute, nicht verborgen geblieben. Anfangs hatten sie seine abschweifenden Blicke gekränkt, aber schließlich arrangierte sie sich damit, solange sie sicher war, dass es bei Blicken blieb. Aber der anonyme Briefschreiber hatte ihr unmissverständlich mitgeteilt, dass ihr Uwe seit dem Betriebsausflug und damit schon seit immerhin drei Monaten mit einer 25-jährigen Bürokraft ‚herummache' und die beiden auch bereits Sex gehabt hätten. Woher der Unbekannte seine Kenntnisse hatte, offenbarte er nicht, und Anette war im ersten Moment zu betroffen, um das zu hinterfragen. Später hatte sie wieder und wieder über diesen Punkt nachgedacht, aber irgendwann hatte sie es aufgegeben. War es nicht auch unwichtig, woher der anonyme Schreiber sein Wissen hatte? Wichtig waren der Inhalt seines Briefes und dessen Wahrheitsgehalt. Die Mitteilung hatte Anette scher getroffen, denn mit ihren dreiundvierzig Jahren hielt sie sich noch für sehr attraktiv, worin sie die manchmal scherzhaft, manchmal verschwörerisch vorgetragenen eindeutigen Angebote anderer Männer bestärkten. Natürlich hatte sie jeder Versuchung widerstanden, auch wenn es ihr nicht immer leicht gefallen war. Deshalb hatte es ihr auch zunächst einen schweren Stich gegeben und sie dann in fürchterliche Rage gebracht, dass ihr Uwe nicht nur geschaut, sondern mehr gemacht haben sollte. Für Anette war Flirten auf einer Feier eine Sache, aber eine Liebschaft oder gar Affäre ging überhaupt nicht! Der Sex mit Uwe war ausschließlich für sie, die rechtmäßige Ehefrau, reserviert!

Inzwischen war der Uhrzeiger weiter vorgerückt. Anette schüttelte die Gedanken an den anonymen Brief ab und konzentrierte sich wieder voll und ganz auf ihre selbst gestellte Aufgabe: Die Überführung ihres untreuen Ehemannes! Der unbekannte Briefschreiber war sich sehr sicher, dass Uwe und seine Corinna, so hieß die Bürokraft, die heutige Weihnachtsfeier zu einem erneuten Schäferstündchen nutzen und vorzeitig von ihr verschwinden würden. Die Formulierung in dem Brief, dass die beiden wieder ‚eine Nummer schieben' würden, hallte wie ein Echo in Anettes Kopf nach. Deshalb hatte sie beschlossen, den Ort der Feier zu überwachen und sich persönlich zu überzeugen, ob an den Vorwürfen etwas dran war oder nicht. Ein sehr ambitioniertes Unterfangen, wie sie inzwischen selber erkannte, aber nun war sie einmal hier und würde die Sache durchziehen. Wenn nur die Müdigkeit nicht gewesen wäre, die sich mit bleierner Schwere ihres Köpers bemächtigen wollte. Von ihrem Uwe war immer noch nichts zu sehen gewesen, weder alleine noch in Begleitung.

Anette nippte an einer weiteren Tasse heißen Kaffee und kämpfte verzweifelt gegen die enorme Müdigkeit an. Wenn sie jetzt einschlief, wären die Anstrengungen der gesamten letzten Stunden vergeblich gewesen und die zermürbende Situation der Unwissenheit würde weitergehen. Sie musste durchhalten, auch wenn es noch so schwer sein würde.

Schließlich bemerkte sie eine Bewegung vor der Gaststätte. Es war eher ein intuitives Gefühl als ein wirkliches Erkennen, dass sie genauer hinsehen ließ. Aber dann war sie von einem Moment auf den anderen hellwach, die Müdigkeit der letzten Stunden war wie weggeblasen: Ihr Uwe hatte das Lokal verlassen und sich in einem unbeobachteten Augenblick mit wenigen Schritten zur Seite in den Schatten der Nachbarmauer gedrückt. Noch ein paar weitere Schritte, und schon war er um die Ecke gehuscht und damit aus dem Blickfeld der intensiv diskutierenden Raucher verschwunden. Die redeten so heftig gestikulierend aufeinander ein, dass sie keinen Blick für ihre Umgebung und damit auch nicht für Uwe hatten. Anette war beinahe stolz auf ihren Mann, der sich offensichtlich einen raffinierten Plan ausgedacht hatte. Andererseits: War nicht genau das der Beweis dafür, dass er etwas zu verbergen hatte? Hätte er einfach nur früher nach Hause gewollt, hätte er es nur sagen oder ein Unwohlsein vorgeben müssen. Sich jedoch wie ein Dieb davonzuschleichen, deutete auf andere Absichten hin, zu deren Verschleierung die Weihnachtsfeier dienen sollte. Jetzt war Anettes Jagdinstinkt geweckt!

Sie wusste, dass sein Auto in der Straße, in der er verschwunden war, stand. Die Fahrtrichtung zeigte von der Gaststätte weg, was Anette zu Beginn ihrer Observation festgestellt hatte. Nun war ihr klar, warum das so war: Uwe wollte vermeiden, nach seinem Davonstehlen an dem Gebäude vorbeifahren zu müssen, wobei ihn jemand von den Kollegen hätte sehen und Fragen stellen können. Fragen, die er offensichtlich um jeden Preis vermeiden wollte.

Während Anette diese Gedanken in Sekundenbruchteilen durch den Kopf schossen, spürte sie das Abfallen der eben noch bleischwer auf ihren Augenlidern lastenden Müdigkeit. Jetzt war sie also gekommen, die Stunde der Wahrheit. Sofort startete sie den Motor ihres Wagens und fuhr langsam die Straße hinunter. Sie wollte ihm genug Zeit geben, um seinen Wagen zu erreichen, bevor sie sich an seine Fersen heftete. Anette hoffte nur, dass Uwe bei dem wetterbedingten geringen Verkehrsaufkommen der ihn verfolgende Wagen nicht auffallen würde. Das war der Schwachpunkt in ihrem Plan, wie sie nun feststellte, aber das war jetzt egal, denn die Alternative wäre der Abbruch der Aktion und damit das Fortbestehen der großen Ungewissheit gewesen. Sie beschloss, an ihrem Mann dranzubleiben.

Weiter vorne sah sie schon die Rücklichter eines Wagens und ahnte, dass das ihr Uwe war, auch wenn sie den Wagen wegen der Schneehaube auf der Karosserie und dem schneebedeckten Nummernschild nicht zweifelsfrei identifizieren konnte.

Während Anette dem Wagen vor ihr in gebührendem Abstand folgte, fiel ihr plötzlich ein, dass rund zehn Minuten vor ihrem Uwe eine blonde Frau aus dem Gebäude getreten und plötzlich verschwunden war. Anette kannte seine angebliche Affäre nicht und war deshalb nur auf die Person ihres Mannes konzentriert gewesen. Außerdem waren immer wieder Frauen zum Rauchen, Flirten oder wegen beidem vor die Gaststätte getreten, so dass Anette nicht weiter auf sie geachtet hatte. Als die blonde Frau so plötzlich verschwunden war, hatte sie angenommen, dass sie wieder in das Lokal zurückgekehrt wäre. Nun aber, da sich ihr Uwe von der Feier fort geschlichen hatte, kam ihr die Sache mit der Frau komisch vor. Was, wenn sie es genauso wie Uwe gemacht hätte? Das wäre verdammt raffiniert gewesen, und Anette zollte den beiden insgeheim Respekt für diesen Plan. Bei dem Gedanken, dass sie das aber nur wegen eines Schäferstündchens hinter ihrem Rücken gemacht hatten, vereisten Anettes Gesichtszüge. Sie war die rechtmäßige Ehefrau, und Uwe hatte gefälligst mit ihr zu schlafen und nicht mit irgendeiner aufgetakelten Bürotussi!

Als ihr Wagen plötzlich leicht ins Rutschen geriet, erwachte Anette aus ihren Gedanken und fing den Wagen wieder ein. Danach verdrängte sie alle trüben Gedanken und widmete ihre gesamte Konzentration dem Wagen ihres Mannes, dem Bemühen, auf den fast leeren Straßen nicht aufzufallen, und den winterlichen Straßenverhältnissen. Wenn Uwe sie bemerken und zur Rede stellen sollte, hätte Anette ein Problem, ihm die Verfolgung zu erklären, während er sich mit einer langweiligen Feier und einer Heimfahrt herausreden könnte. Zwar war der von ihm eingeschlagene Weg nicht der direkte Heimweg, aber bestimmt würde er sich mit ‚Abstand von der Feier gewinnen' oder irgendeiner anderen Erklärung herauszuwinden wissen. Im Abgeben von Erklärungen war Uwe sehr einfallsreich, das hatte Anette im Laufe ihrer langen Beziehung herausgefunden. Bislang ging es jedoch immer nur um harmlose Sachen, nicht um Untreue und Seitensprünge. Nein, sie musste das Pärchen in flagranti erwischen, dann würde er sich nicht mehr herausreden können. Wie es dann weitergehen würde, wusste sie noch nicht, das machte sie von seiner Reaktion abhängig.

Endlich endete die Fahrt. Uwe wurde langsamer und hielt vor einem Einfamilienhaus in einem der Vororte, in dem die Häuser über ziemlich große Grundstücke verfügten und damit ziemlich weit voneinander entfernt standen. Als Anette in einiger Entfernung anhielt, sah sie Uwe rasch über die Straße eilen. Im nächsten Moment hatte ihn das Grundstück aufgesogen.

Anette fuhr langsam an dem Haus, in dem ihr Uwe gerade durch die Haustür trat, vorbei und betrachtete es interessiert und zugleich irritiert.

‚Wie kann sich eine kleine Bürokraft so ein großes Grundstück und so einen Kasten von einem Haus leisten?', fragte sie sich in Kenntnis der für diese Gegend gehandelten Grundstückspreise. In Gedanken überschlug sie rasch die Kosten für das Haus und für das Grundstück. Das Ergebnis ließ sie schwindelig werden, denn die kleine Bürokraft konnte sich das unmöglich von ihrem Gehalt leisten; da musste ein sehr gut verdienender Ehemann im Hintergrund sein. Was aber bedeuten würde, dass nicht nur Uwe seine Frau, sondern auch seine Kollegin ihren Mann betrog. Aber warum sollte sie das riskieren? Uwe sah nicht schlecht aus, war auch sportlich, das wollte Anette gerne zugeben, aber sonst konnte er der Frau doch im Vergleich zu deren Ehemann nichts bieten. Oder?

Bevor Anette ins Grübeln verfallen konnte, rief sie sich wieder zur Ordnung und erinnerte sich an ihren Plan: Sie wollte dem Liebespärchen eine halbe Stunde Zeit geben, bevor sie einschritt. Sie würde klingeln, das Miststück von Büronutte zur Seite stoßen und sich auf diese Weise Zugang zum Haus verschaffen. Danach würde sie eine Wahnsinnsszene machen, bis sie das Luder zu ihrem Uwe geführt hätte. Danach – ja, das wusste Anette noch nicht, das würde sie situationsabhängig entscheiden. Improvisation war für gewöhnlich eine ihrer Stärken, und sie hoffte, dass ihr auch diesmal das Richtige einfallen würde.

Um sich die Zeit bis zu ihrem großen Auftritt zu vertreiben und um ihre stetig steigende Nervosität in den Griff zu bekommen, verließ sie das Auto und begann, an der Grundstücksfront ihres Zieles entlangzulaufen. Sie war schneller vorüber als gedacht, also machte sie kehrt und ging dort erneut und diesmal gezwungen langsam vorbei.

Während ihres nervösen hin und her Schreitens kamen ihr Zweifel an der Art und Weise, wie sie sich Zutritt zu dem Liebesnest verschaffen wollte. Was, wenn die blonde Frau ihr den Weg versperren und die Polizei rufen würde? War das Hausfriedensbruch? Wie hoch war dafür wohl die Strafe? Lohnte sich das, war das Uwe wert?

‚Verdammt, was nun?', fragte sich Anette. Ihre Gedanken wirbelten umher, und sie erkannte die Schwachstellen in ihrem Plan. ‚Verdammte Scheiße', fluchte sie innerlich, ‚was mache ich jetzt nur?'

Eine innere Stimme riet ihr, nach Hause zu fahren und Uwe bei seiner Rückkehr zur Rede zu stellen. Aber dann konnte er ja einfach alles abstreiten, denn sie hätte keinen Beweis. Außerdem wäre er dann gewarnt und würde bei seinen zukünftigen Techtelmechteln noch vorsichtiger sein. Von dieser Beziehung hätte sie ja ohne den anonymen Brief auch nichts erfahren. Was sollte sie also tun? Ihn anrufen und fragen, wie die Feier sei? Nein, das hatte sie noch nie gemacht, weshalb ein solcher Anruf Verdacht erregen konnte. Außerdem hätte sie von ihrem jetzigen Standort mit dem Mobiltelefon anrufen müssen und Uwe würde sich bestimmt wundern, warum sie, die ja angeblich zu Hause saß, nicht das Festnetz genommen hat. Sollte sie mit dem Fotohandy ein Bild von seinem Auto vor dem fremden Haus machen und ihn mit dem Vorwurf des Seitensprungs konfrontieren? Aber dann würde er bestimmt behaupten, dass es der Kollegin schlecht gegangen sei und er sie, ganz Kavalier der alten Schule, nach Hause gebracht habe.

„Scheiße!", fluchte Anette nun laut vor sich hin, „Scheiße, Scheiße, Scheiße!"

Während ihre innere Stimme immer lauter auf die Heimfahrt drängte, kam Anette eine andere Idee: Vielleicht konnte sie ja durch ein Fenster ihren Uwe und das blonde Luder in eindeutiger Situation sehen und mit dem Fotohandy ein Bild machen? Dazu würde sie aber das Grundstück betreten und einen entsprechenden Blick auf die Szene haben müssen. Der Gedanke, sich wie ein Dieb auf ein fremdes Grundstück zu schleichen, löste in Anette Beklemmungen aus. Gleichzeitig war da aber noch ein anderes Gefühl, das Gefühl von Erregung und Neugier, wie man es bei einem Abenteuer spüren kann. Normalerweise war Anette kein ängstlicher Typ, und deshalb beschloss sie, einen Blick auf das Haus zu werfen und ihr Glück mit einem Fenster zu versuchen.

Nach einem kurzen Blick in die Runde betrat sie vorsichtig das Grundstück und näherte sich langsam der Haustür. Kurz vor den Treppenstufen, die zur Tür führten, zweigten links und rechts kleine Wege ab, die wohl in den Garten führten. Zur Grundstücksgrenze hin säumten dichte Sträucher den Weg, während auf der anderen Seite kleinere Büsche die Hauswand verbargen. Das war perfekt, denn dadurch konnte Anette nicht gesehen werden. Sie bog in den linken Weg ein und begann mit der Umrundung des Hauses.

Die Fenster auf dieser Seite waren pechschwarz. Entweder trieben es die beiden im Dunklen, oder sie waren in der anderen Haushälfte. Vorsichtig schritt Anette über den dunklen Weg, peinlich bemüht, nirgends anzustoßen oder zu stolpern.

Schließlich erreichte sie die Rückseite des Hauses, wo sie auf eine breite Terrasse stieß. Mit Kennerblick registrierte Anette die geschmackvolle Möblierung sowie die dazu passende Dekoration.

Die Terrassentür führte offensichtlich in ein schummrig beleuchtetes Wohnzimmer. War das ihre Chance auf ein belastendes Foto? Leise schlich sie sich auf die Terrasse und an die Tür heran. Rasch überflog ihr Blick das gemütlich daliegende Wohnzimmer. Es war leer, wie sie enttäuscht feststellen musste. Waren die beiden schon im Schlafzimmer? Normalerweise lagen solche Räume im Obergeschoss, so dass ihre Chance auf ein Foto rapide in den Keller ging. Anette spürte, wie ihr die Enttäuschung als Kloß im Hals saß. Zugleich spürte sie aber auch die aufsteigende Wut über den ganzen vergeblich betriebenen Aufwand und den Zorn auf ihren untreuen Ehemann.

Gerade als sie sich vor Zorn bebend abwenden wollte, fiel ihr Blick auf die Terrassentür. Sofort erstarrte sie: Die Tür war nur angelehnt! Konnte das sein? Es war Winter, es war saukalt, und trotzdem war die Terrassentür nur angelehnt? In Anettes Kopf gingen sämtliche Alarmanlagen an, aber gleichzeitig machte ihr Herz vor Erregung einen wilden Sprung: Das Glück des ungehinderten Zugangs war unfassbar! Das war die

Gelegenheit, mit der sie das verluderte Paar in flagranti erwischen konnte!

Rasch ließ sie den Blick in die Runde schweifen, in diesem Moment war sie instinktgesteuert. Dann widmete sie ihre Aufmerksamkeit dem Hausinneren: Auf einem kleinen Tisch neben der Terrassentür standen eine Flasche Wein, ein Glas und ein Napf, wie man ihn für Hunde oder Katzen verwendet. Wollte sich die Blonde nach dem Sex mit ihrem Uwe mit einem Glas Wein abkühlen? Aber warum nur ein Glas? Und was hatte der Napf zu bedeuten? Gab es hier etwa einen Hund?

‚Nein', beruhigte sich Anette in Gedanken, ‚ein Hund wäre schon längst hier aufgekreuzt und hätte mich verbellt. Vielleicht hat sie ihn wegen des Schäferstündchens unter einem Vorwand zu jemand anderem gebracht?'.

Noch einmal versuchte ihre innere Stimme Gehör zu finden und schrie nun geradezu, endlich zu verschwinden. Aber jetzt Anette war vom Jagdfieber befallen: Der Zufall hatte sie vor die offene Verandatür geführt, während es ihr Mann genau jetzt mit einer anderen Frau in genau diesem Haus trieb. Das genügte Anette, um auch die allerletzten Bedenken beiseite zu fegen und die Tür langsam aufzuziehen. Vorsichtig betrat sie das Wohnzimmer und orientierte sich schnell. Dann schlich sie zur Tür und von dort rasch zu allen im Erdgeschoß liegenden Räumen – sie waren ausnahmslos leer.

„Scheiße!", fluchte sie vor sich hin. Jetzt blieben noch das Obergeschoß und der Keller. In letzterem würden sich die beiden ja sicher nicht vergnügen, dachte sie, also musste sie die Treppe emporsteigen.

Auf dem Weg zur Treppe bemerkte sie erst jetzt, dass die Tür zur Kellertreppe etwas aufstand. Nun wurde ihr auch wieder bewusst, dass sie seit ihrer Ankunft vor dem Haus kein Licht in einem der oberen Zimmer bemerkt hatte und nun, da sie sich mitten im Haus befand, registrierte sie die gespenstische Stille im Obergeschoß. Sollten die Räume perfekt gedämpft sein? Bei dem Wert des Hauses war das durchaus denkbar, aber dennoch recht merkwürdig. Aber warum stand die Tür zum Keller offen? Was sollten die beiden dort unten machen?

Anette beschloss, logisch vorzugehen. Rasch stieg sie die Treppe in das obere Stockwerk empor und schaute rasch in jeden Raum hinein. Auch hier war keine Menschenseele, dafür wurde Anette von erlesenen Möbeln und hübschem Zierrat empfangen. Schließlich hatte sie auch das Schlafzimmer gefunden, dessen Einrichtung sie nur als pompös bezeichnen konnte. Von ihrem Uwe gab es allerdings keine Spur.

Also doch der Keller? Inzwischen stand sie wieder vor der Tür, die in den Keller führte. Immerhin bestand die Möglichkeit, dass es dort unten weitere gut ausgestattete Wohnräume gab. Anette war über ihre weitere Vorgehensweise unschlüssig, denn das Betreten eines womöglich muffigen Kellers in einem fremden Haus behagte ihr überhaupt nicht. Also doch lieber unverrichteterdinge den Rückzuck antreten?

,Nein, so kurz vor dem Ziel will ich nicht scheitern!', redete sie sich zu. Dann atmete sie tief durch und schob langsam die Tür weiter auf. Vor ihr lag eine dunkle Treppe, die in die ungewisse Tiefe des fremden Hauses hinabführte. Langsam ertastete sie die Stufen und stieß immer tiefer in das dunkle Gewölbe vor. Ihr Instinkt sagte ihr, dass sie jeder Schritt ihrem Uwe und seinem Flittchen näher bringen würde.

Am Fuße der Treppe angekommen hatten sich Ihre Augen schon an die Dunkelheit gewöhnt. Vorsichtig und sehr darauf bedacht, kein Geräusch zu verursachen, bewegte sie sich vorwärts. Hier unten gab es mehrere Türen, die sicher zu einer Waschküche und zu Vorratsräumen führen würden. Zumindest vermutete sie das. Aber wo war das herumhurende Pärchen?

Noch während Anette über ihre weitere Vorgehensweise nachdachte, bemerkte sie am Ende des Ganges einen kleinen Lichtschimmer, der durch ein Schlüsselloch fiel. Leise schlich sie auf das Licht zu. Je näher sie kam, desto deutlicher vernahmen ihre angespannten Sinne Geräusche und leises Stimmengemurmel. Ja, das kam eindeutig aus dem Raum, vor dessen Tür sie gerade angekommen war.

Langsam beugte sich Anettes zum Schlüsselloch hinab. Nach der Dunkelheit des Kellerganges wurde sie von der Helligkeit des Raumes geblendet, aber schließlich erkannte sie undeutlich ein paar Möbel und das blonde Flittchen. Ihren Uwe sah sie zwar nirgends, aber sie glaubte, seine Stimme zu hören – undeutlich, aber er war es, dessen war sie sich sicher.

Langsam richtete sich Anette auf und tastete nach der Klinke. Mit festem Griff umklammerte ihre Hand den Türgriff. Plötzlich kamen in ihr noch einmal Zweifel an der Richtigkeit ihres Tuns auf, aber nachdem sie schon so weit gegangen war, wischte sie diese Bedenken ein letztes Mal beiseite. Sie atmete tief durch, riss mit einem Ruck die Tür auf und stürmte mit dem Ruf „Habe ich euch erwischt!" in den Raum. Dann nahm sie die Szenerie um sich herum wahr und erstarrte!

Der gesamte Kellerraum wurde von einem gedimmten Licht erhellt, das die Szenerie in eine angenehme Wärme tauchte. An der gegenüberliegenden Wand erzeugte ein künstlicher Kamin mit Lichtreflexen die Illusion eines gemütlichen Kaminfeuers, die durch lautes Prasseln aus gut versteckten Lautsprechern verstärkt wurde. Die Wärme, die den Raum erfüllte, kam hingegen aus Heizkörpern, die kaum sichtbar hinter Holzverkleidungen an den Wänden entlangliefen.

Die Möblierung des Raumes entsprach der eines normalen Wohnzimmers, das weihnachtlich geschmückt war: Neben einem prächtig geschmückten Tannenbaum waren im gesamten Raum allerlei Zierrat sowie diverse Dekorationsgegenstände verteilt, die alle die weihnachtliche Atmosphäre unterstrichen. Der gesamte Raum strahlte eine Ruhe, Wärme und Herzlichkeit aus, wie sie Anette schon lange nicht mehr wahrgenommen hatte. Etwas verschämt dachte sie an ihre routinemäßig aufgestellte Dekoration, die gegen diesen Raum ausgesprochen lieblos wirkte.

Eines allerdings war anders als in einem normalen Wohn-zimmer. Weil es sich unauffällig in die Szenerie einpasste, dauerte es einen Augenblick, bis Anette die Anomalie erkann-te: Es war ein Strafbock, der eher beiläufig an einer Seite des Raumes aufgebaut war. Beinahe hätte sie ihn erneut überse-hen, aber die beiden Menschen in seinem Bereich lenkten ihre Aufmerksamkeit auf dieses Möbelstück.

Ungläubig betrachtete sie die Szene, die sich ihren Augen darbot, und vergaß vor lauter Staunen sogar ihre einstudierte Schimpfkanonade. Sie hatte erwartet, dass sich ihr Uwe mit dem blonden Flittchen im Bett wälzen und die beiden tief inei-nander versenkt sein würden, aber das sich ihr bietende Bild war ein völlig anderes: Uwe war zwar tatsächlich nackt, aber anstatt sich in einem weichen Bett zu wälzen war er auf den Strafbock geschnallt, während eine blonde Frau in einem Ni-kolauskostüm neben ihm stand. Eigentlich war es nur ein roter Body, an dessen Rändern sich ein weißer Pelz befand, wäh-rend ihre Beine in knielangen schwarzen Stiefeln mit atembe-raubend hohen Absätzen steckten. In der Hand hielt sie einen dünnen Rohrstock, den sie gerade etwas in ihren Händen gebogen hatte. Die bereits vorhandenen Striemen auf Uwes Kehrseite zeugten davon, dass sie sein Gesäß bereits mit dem Strafinstrument bearbeitet hatte.

Durch das plötzliche Eindringen von Anette und ihren lauten Schrei war die blonde Nikolausfrau zusammengezuckt und zur Tür herumgefahren. Sie starrte Anette kurz an. Dann umspiel-te ein Lächeln die sanft geschwungenen Lippen der Nikolausfrau und ihr Gesicht strahlte eine herzliche Freundlichkeit aus. Nur Uwe hatte noch nichts von der neuen Situation mitbekommen, weil sich das Geschehen hinter seinem Rücken abgespielt hatte und er durch die Schmerzen, die von den ersten Hieben ausgelöst wurden, vollkommen mit sich selber beschäftigt war. Erst langsam registrierte er das Ausbleiben weiterer Schläge. Er drehte seinen Kopf, soweit es ihm möglich war, um die Situation erfassen zu können.

Anette und die blonde Nikolausfrau starrten sich unterdessen an, Anette mit einer Mischung aus Wut und Verwirrung, während ihre Kontrahentin weiter freundlich lächelte.

Schließlich fand Anette als erste die Sprache wieder: „Was geht hier vor?" Gleich darauf ärgerte sie sich über den wenig originellen Spruch. Außerdem war ihr der Satz wegen eines plötzlich im Hals sitzenden Kloßes nicht so fest wie beabsichtigt über die Lippen gekommen.

„Das könnte ich sie fragen", gab die Nikolausfrau freundlich zurück, „Wer sind sie?"

„Ich bin die Frau von dem da!" Dabei deutete Anette auf den übergelegten Mann.

„Jetzt hatte auch Uwe die neue Situation erfasst. Zwar konnte er wegen seiner Position nichts sehen, aber die Stimme und ihre Aussage kannte er nur zu gut.

„Meine…Frau? Was? Anette? Nein, nicht du, das ist ein Scherz, Corinna, nicht wahr?"

„Nein, du verdammtes Arschloch!", schrie Anette und trat jetzt in sein Gesichtsfeld, „Ich bin es wirklich!" Dann verabreichte sie dem Gefesselten zwei harte Schläge mit der Hand auf den nackten Po.

„Und sie", fuhr sie mit neu erwachtem Kampfgeist die Niko-lausfrau an, „Was machen sie hier mit meinem Mann? Was ist das überhaupt für ein Raum?"

Eine überflüssige Frage, wie Anette gleich darauf bewusst wurde, denn sie war ja selber in den Keller hinab gestiegen und hatte die Ausstattung des Raumes bereits auf sich wirken lassen. Aber als ihr Blick erneut hin und her schweifte, be-merkte sie die diskret angebrachten Ketten an den Wänden und die Ösen an der Decke. Unter den Weihnachtsdecken zeichneten sich die Umrisse von Möbeln ab, die man gewöhn-lich nicht in einem Haushalt finden würde. Dazu kamen die Schränke an den Wänden, hinter deren Glastüren sich weder Bücher noch Gläser oder der übliche Zierrat befanden, dafür aber viele Gegenstände, von deren Zweck Anette keine Ah-nung hatte. Dafür erkannte sie die großen Auswahl an Vibrato-ren, Dildos und Züchtigungsinstrumenten umso zweifelsfreier.

„Das ist mein ganz persönliches Reich, mein zur Zeit weih-nachtlich dekoriertes privates Domina-Studio", erklärte die Nikolausfrau ruhig. Die von ihr ausgehende Ruhe irritierte Anette, denn sie hatte insgeheim damit gerechnet, dass die Frau sie des Einbruchs bezichtigen und die Polizei rufen wür-de. Aber die Blonde machte keinerlei Anstalten in diese Rich-tung.

„Was ist denn los?", ließ sich aus dem Hintergrund Uwe vernehmen.

Ohne große Eile wendete sich ihm die Nikolausfrau zu und schlug ihm zweimal kurz hintereinander mit dem Rohrstock auf den Hintern.

Sofort begann er vor Schmerz zu jammern: „Au, aua!"

„Du bist jetzt still!", sagte die Nikolausfrau freundlich zu ihm, „Hier unterhalten sich zwei Frauen, da hast du Sendepause."

Anette hatte ungläubig zugesehen, wie der Rohrstock das Gesäß ihres Mannes traf und sich zwei rote Striemen bildeten. Sie hatte aber keine Zeit, um in irgendeiner Weise zu reagieren, denn schon wendete sich die Nikolausfrau wieder ihr zu.

„Fangen wir noch mal von vorne an", richtete sie mit sanfter Stimme das Wort an Anette, „Ich bin Corinna, die Besitzerin dieses Hauses. Und wer bist du?"

„Anette", antworte die Angesprochene zögernd. Sie überlegte, ob sie sich das vertrauliche ‚Du' verbeten sollte, unterließ es dann aber.

„Uwe ist also dein Mann – das ist jetzt sicher keine schöne Situation, um sich kennen zu lernen, aber es musste sein. Setzen wir uns doch." Mit einladender Geste deutete sie auf eine kleine Sitzgruppe.

Anette wollte am liebsten mit ihrer Schimpfkanonade loslegen, aber sie fand das in diesem Moment angesichts der Herzlichkeit der Nikolausfrau unpassend. Überhaupt kam ihr die ganze Situation immer unwirklicher vor.

Anette stand unschlüssig im Raum, ihr war der gesamte Schlachtplan abhanden gekommen. Corinna nahm ihr die

Entscheidung ab und ging auf einen Sessel zu. Zögernd folgte ihr Anette.

„Also, das ist jetzt eine komische Situation, die anders gelaufen ist, als ich mir das gedacht habe", begann sie schließlich.

„Was hast du dir denn vorgestellt?"

„Na ja", murmelte Anette und spürte, dass sie tatsächlich rot wurde, „ich hatte mir vorgestellt, dass ich euch… also beide…na ja, dass ich euch im Bett überrasche und euch eine Wahnsinnsszene mache. Aber mit so etwas", dabei deutete sie mit einer Kopfbewegung in Richtung Strafbock, auf dem Uwe schweigend lag „mit so etwas habe ich nicht gerechnet."

„Na ja", begann Corinna gedehnt und suchte nach den richtigen Worten, „eine ‚normale' Beziehung haben Uwe und ich nicht, das dürfte ja klar sein. Bei einem normalen Fick hättest du uns also nie und nimmer überraschen können. Meine Beziehung zu Uwe ist – anders."

„Anders? Ja, das sehe ich." Unwillkürlich schüttelte Anette den Kopf. „Wessen Idee war das eigentlich, dass er geschlagen wird?"

„Seine. Er hat mir gesagt, dass er darauf stehen würde, aber seine Frau im Leben nicht darauf anspringen würde."

Anette war geschockt. „Du meinst, er steht auf diese Sachen?"

„Ja, total."

„Wie…wie konnte es soweit kommen? Das er… so was…will. Und ihr es so macht?" Anette hatte Probleme, die richtigen Worte zu finden, weil ihr die Neuigkeiten das Gehirn vernebelten und sie das Gefühl bekam, nicht mehr klar denken zu können.

„Das war Zufall. Am besten fange ich von vorne an: Also: Ich habe in der gleichen Firma, in der dein Mann arbeitet, eine Ausbildung zur Bürokauffrau gemacht und bin anschließend übernommen worden. Da ich schon seit meiner Pubertät weiß, dass ich auf SM stehe und den dominanten Part liebe, mit diesen Informationen aber nicht allzu freizügig sein sollte, wusste lange Zeit nur meine beste Freundin davon. Die hat die gleiche Neigung und gleich, nachdem sie volljährig war, in einem Domina-Studio angeheuert, wo sie immer noch ist. Mir war das zu riskant, weshalb ich eine ‚richtige' Ausbildung machen wollte, aber des Geldes wegen habe ich im Studio immer mal wieder ausgeholfen und ordentlich verdient. Nach meiner Ausbildung ist dann das Lernen weggefallen, und ich habe ziemlich viel nebenbei im Studio gearbeitet. Von dem Geld habe ich mir dieses Haus gekauft und dieses Studio zu meinem Privatvergnügen eingerichtet. Tja, und wenn ich mal einen Mann zum Heiraten treffe, der mein Faible teilt, wäre alles gleich verfügbar. Nur hat es mit dem Mann noch nicht geklappt."

Anette starrte sie ungläubig an: „Du…du bist also eine…eine Professionelle, eine Nutte?"

„So, wie du das sagst, klingt es gemein, aber es trifft den Kern: Ja, ich bin eine professionelle Domina. Aber: Nein, ich bin keine Nutte, denn bei mir gibt es keinen Sex gegen Geld!"

Jetzt bekam Anette Oberwasser: „Das ist jetzt gelogen, denn ich habe gehört, dass du mit Uwe im Büro gevögelt hast!"

„Von wem hast du denn die Info?"

„Keine Ah... – das tut nichts zur Sache!" Beinahe hätte Anette zu erkennen gegeben, dass sie durch einen anonymen Brief auf das Verhältnis aufmerksam geworden war. ‚Zum Glück hat sich der Seitensprung ja wirklich als Tatsache herausgestellt', dachte Anette, wenngleich alles doch ein bisschen anders war als sie gedacht hatte.

Sie bemerkte, dass Corinna sie prüfend ansah.

„Also ein Tipp von einem Unbekannten?", fragte sie.

Anette rang mit sich, entschied sich dann aber zur Offenheit: „Ja, und darin war ganz klar von Sex im Büro die Rede!"

„Tja, könnte der Tipp auch von einem weiblichen Unbekannten gekommen sein?"

„Was?"

„Der Brief ist von mir", sagte sie mit fester Stimme, „Ich habe darin gelogen, denn im Büro haben es Uwe und ich nie getrieben. Aber irgendwie musste ich dich ja zum Handeln bewegen, nicht wahr?"

Anette starrte sie verblüfft an.

„Warum solltest du das tun?"

„Weil Uwe ein netter Kollege ist und ich ihm deshalb kein Geld abnehmen kann, wollte ich die Sache beenden. Außerdem weiß ich, dass er dich wirklich liebt, weshalb ich dir seine Neigung nahe bringen wollte. Tja, und nun bist du hier und weißt alles – mein Plan hat ganz offensichtlich funktioniert."

„Wie, das war alles dein Plan?" Anettes Gedanken überschlugen sich in ihrem Kopf, so viele Wahrheiten, die alle anders als die gedachten waren, überforderten sie langsam. Um wieder etwas Ordnung in ihren Kopf zu bekommen, fragte sie: „Wie lange treibt ihr es denn schon miteinander?"

Corinna dachte kurz nach, dann meinte sie: „Ungefähr seit drei Monaten - seitdem Uwe mich im Studio besucht hat." Als sie Anettes irritierten Blick bemerkte, fügte sie hinzu: „Im Studio, wo ich als Domina arbeite."

„Wie bitte? Er war bei dir im Studio, also so richtig im Rotlichtmilieu?"

„Na, na, ‚Rotlichtmilieu' klingt so verrufen, irgendwie kriminell. Ganz so schlimm ist es nicht, das Studio liegt im Gewerbegebiet. Und: Ja, er war dort, aber nicht bei mir; oder doch: Ja, aber nicht so, wie du denkst! Er hatte sich unter falschem Namen angemeldet, wie das fast alle Männer machen. Da ich in dem Studio natürlich unter einem Künstlernamen arbeite, konnte er nicht ahnen, dass er bei mir landen würde, während ich nicht wusste, dass mein nächster Kunde ausgerechnet einer von meinen Arbeitskollegen sein würde. Es war eine ziemlich peinliche Sache für uns beide."

„Du meinst, er gibt Geld für...für Dominas aus? Um geschlagen zu werden?"

„Um geschlagen und gedemütigt zu werden", entgegnete Corinna und warf einen langen Blick nach oben. Als Anette sie fragend anschaute, sagte Corinna nur: „Hundenapf."

Anette erstarrte: „Du meinst...?"

„Ja, genau das meine ich."

Anette atmete hörbar ein und aus. „Wow, das ist…ganz schön heftig. Wie ging es weiter?"

Corinna erhob sich und entnahm einem Schrank zwei Gläser und eine Flasche Wein. Während sie den Wein einfüllte, fuhr sie fort: „Wir haben an dem Tag keine Session gemacht. Uwe wollte zuerst nur weg, aber mein Outfit schien ihm gefallen zu haben, denn er hat mich lange angestarrt. Eine Woche haben wir uns im Büro wie immer verhalten, aber dann kam er zu mir und meinte, dass er mein Sklave sein wolle, aber ohne Bezahlung. Er hat damit gedroht, mich beim Chef anzuschwärzen, mir aber gleichzeitig seine Treue geschworen. Na ja, daraufhin habe ich ihm befohlen, mir im Archiv die Möse zu lecken in der Hoffnung, dass ihn das Risiko, erwischt zu werden, abschrecken würde. Leider ist er von der Idee begeistert gewesen und hat es durchgezogen. Deshalb, und weil er seine Sache verdammt gut gemacht hat, ist es weitergegangen. Und weil ich ihn im Studio keine kostenlose Sitzung widmen kann, habe ich ihn zu mir eingeladen. Tja, und seitdem besucht er mich ein- bis zweimal die Woche."

„Seine vielen Überstunden und Sonderaufträge!", fiel es Anette wie Schuppen von den Augen.

„Ja, damit hat er sich bei dir bestimmt herausgeredet. Diese Begründung ist der Klassiker. Aber hast Du denn nie die Striemen bemerkt?", fragte Corinna neugierig nach, „Ich habe ihn manchmal ganz schön hart rangenommen in der Hoffnung, dass es für ihn zuviel sein könnte, aber das war leider eine vergebliche Hoffnung."

„Nein, ich habe nichts bemerkt. Uwe war immer so müde von der vielen Arbeit, dass wir nicht miteinander geschlafen haben. Jetzt weiß ich, was der wahre Grund war."

Anettes Augen funkelten vor Zorn. Dann wandte sie sich an Corinna: „Ich will mit Uwe reden, geht das?"

„Na klar – er ist ja gleich dort drüben."

Rasch erhob sich Anette und ging quer durch den Raum zum Strafbock. Uwe lag noch immer gefesselt über ihm und war sehr kleinlaut.

„Stimmt das, was diese Frau...äh...Corinna gesagt hat?" Ihrer Stimme war nicht zu entnehmen, in welchem Gemütszu-stand sie sich befand. Angesichts der eindeutigen Situation wusste Uwe, dass Leugnen keinen Sinn machen würde. Also gab er alles zu und bestätigte die Aussagen von Corinna. Er gestand seiner Frau die Leidenschaft für Spanking und SM.

Daraufhin verließ eine geschockte und innerlich aufgewühlte Anette beinahe fluchtartig den Keller. Vor der Tür lehnte sie sich an die Wand und ließ ihren Tränen freien Lauf.

Plötzlich spürte sie eine Hand auf ihrer Schulter. Corinna war ihr unbemerkt gefolgt und blickte sie besorgt an: „Alles okay? Sitzt der Schock sehr tief?"

Anette atmete tief durch.

„Wie man es nimmt – es ist eine sehr, sehr komische Situa-tion." Dann blickte sie Corinna fest in die Augen: „Da denkt man, man kennt seinen Mann, und dann erfährt man, dass dem nicht so ist. Dass er ganz andere Wünsche hat als die, die man ihm erfüllt hat. Ich habe das Gefühl, dass unsere Beziehung völlig kaputt ist." Dann sah sie Corinna an: „Sag mir eines, aber bitte ganz ehrlich: Liebst du meinen Mann?"

„Nein", lautete die prompte Antwort, „Ich habe mich nur auf ihn eingelassen, damit ich meinen Job in der Firma behalte. Ihn zu schlagen war insoweit eine Genugtuung, aber ich will ihn nicht. Deshalb habe ich dir ja den Brief geschrieben und alles so arrangiert, dass du uns finden konntest. Ich war mir nur nicht sicher, ob du wirklich ins Haus gehen würdest."

„Du hast das alles arrangiert?" Anette starrte sie schon wieder überrascht an.

Natürlich, oder glaubst du im Ernst, dass ich mitten im Winter die Terrassentür angelehnt lassen würde?"

„Das kam mir gleich merkwürdig vor, aber ich hielt es vorhin für einen glücklichen Umstand."

„Nein, ich wollte, dass dieses Versteckspiel endet. Dass Uwe und ich in der Firma ganz normal arbeiten können, aber zwischen uns nichts anderes läuft. Und dass ihr beiden glücklich werdet – sofern du dem Spanking und SM etwas abgewinnen kannst."

„Dafür, dass du deinen Job in der Firma behältst, sorge ich. Auch für alles andere. Und was das Spanking angeht: Ich weiß nicht, ob es mir gefallen wird, aber ich weiß, was ich jetzt machen will. Danach weiß ich mehr. Würdest du mir jetzt bitte dein Nikolauskostüm leihen und mich mit Uwe allein im Keller lassen? Für wie lange, weiß ich nicht."

„Mach keine Dummheiten!", rief eine ehrlich entsetzte Corinna, „Ihn umzubringen ist keine Lösung!"

„Ich weiß", erwiderte Anette, „Aber der Nikolaus bestraft doch ungezogene Kinder, warum nicht auch fremdgehende Ehemänner? Ich will ihm eine Lektion erteilen und dafür sorgen, dass er bei mir bleibt – und dich nicht verrät."

Corinna schaute ihr tief in die Augen. Menschenkenntnis gehört zu den Eigenschaften, die der Beruf einer Domina erfordert, und was sie in Anettes Augen sah, beruhigte sie. Rasch schälte sie sich aus dem Nikolauskostüm und stand schließlich splitternackt vor ihr. Anette hatte sich bis auf ihren weißen Slip ausgezogen und schlüpfte rasch in das Kostüm. Zum Glück hatte Corinna die gleiche Größe, so dass alles passte, lediglich den BH-Teil des Bodys konnte Anette nicht ganz ausfüllen – Corinna musste eine größere Oberweite haben.

Schließlich war Anette fertig. An der Tür warf sie einen kurzen Blick zurück: „Darf ich deine Peitschen und die anderen Dinge benutzen?", fragte sie beinahe feierlich.

„Ja, okay, aber sei bitte vorsichtig damit!"

„Keine Sorge, ich werde ihn nur bestrafen."

Damit ging Anette in den Keller. Kaum hörte Uwe die Schritte hinter sich, verlangte er sofort, losgemacht zu werden.

„Immer schön der Reihe nach", bekam er zur Antwort und erstarrte.

„Anette? Was um Himmels willen machst du hier? Also, dass ist hier…also, alles komisch, anders, verstehst du?"

Anette hatte inzwischen einen dünnen Rohrstock aus einem der Schränke genommen und trat in sein Blickfeld.

Mit sanfter Stimme sprach sie auf ihn ein: „Was heißt hier Anette? Ich bin die Nikolausine, und meine Aufgabe ist es, in der Weihnachtszeit gute Ehemänner zu belohnen und böse zu bestrafen. Du bist ja eindeutig böse gewesen, denn seine geliebte Ehefrau betrügt man nicht einfach mit einer anderen. Man verschweigt seiner verehrten Ehefrau auch nicht seine sexuellen Wünsche, nicht wahr?"

„Was? Nein, du spinnst doch! Hör auf und mach mich los! Du musst nur die Klettverschlüsse aufziehen!"

Ihr Mund kam ganz nahe an sein Ohr: „Bevor dich irgendwer losmacht, muss ich noch meine Arbeit verrichten", säuselte sie, „Du bekommst jetzt das, was du brauchst, nämlich eine ordentliche Tracht Prügel! Du hast deine Frau belogen und betrogen, du hast eine Arbeitskollegin unter Druck gesetzt und du hast dich eben gerade mir gegenüber sehr ungebührlich verhalten. Dafür haue ich dir deinen Knackarsch so voll, dass du die Engel singen hören wirst. Und das nicht nur, weil Weihnachten ist. Also dann, Süßer: Schmerzhafte Weihnachten!"

Damit ließ sie den Rohrstock auf das bereits von Corinna verstriemte Hinterteil niedersausen: einmal, zweimal, dreimal...wieder und wieder klatschte der Stock auf das feste Hinterteil.

Uwe schrie schon nach den ersten Schlägen wie am Spieß, denn im Gegensatz zu Corinna machte diese Nikolausine keine längeren Pausen zwischen den Hieben, was wohl auf ihre Unerfahrenheit zurückzuführen war. Sie bemerkte es nicht selber, aber plötzlich hielt jemand ihren Arm fest.

„Wütend wirbelte Anette herum: „Was?" herrschte sie Corinna an. Diese trug inzwischen ebenfalls wieder ein Nikolausine-Outfit.

„Ich zeige dir, wie es geht", sagte sie. Dann bekam Anette ihre erste Unterweisung in Sachen Züchtigung des Ehemannes. Maßnehmen, Ausholen, Zuschlagen, die Spuren kontrollieren – es war der reinste Crashkurs, bei dem Uwe als Trainingsobjekt diente. Am Ende handhabte Anette den Stock wesentlich wirksamer als zu Beginn, aber bis dahin war nicht nur Uwes Gesäß, sondern waren auch seine Schenkel mit Striemen übersät.

Als Anette ihn endlich losband, flüsterte sie ihm ins Ohr: „Ab sofort sieht und hört Nikolausine alles – also benimm dich, sonst bekommst du an jedem Weihnachtsfest den Rohrstock zu spüren! Damit es aber bei einer einmaligen Abrechnung pro Jahr nicht zu schlimm für dich wird, hat ab sofort deine Ehefrau das absolute Sagen über dich. Und natürlich auch das Züchtigungsrecht. Verstanden?"

Uwe nickte nur, denn sein Hintern und seine Schenkel brannten so sehr, dass es ihm die Sprache verschlagen hatte. Außerdem hatte er es im Gefühl, dass Widerworte eine sofortige Strafe nach sich ziehen würden, und noch mehr Hiebe wollte er auf keinen Fall beziehen!

Gerade, als sich Anette bei Corinna bedanken wollte, bemerkte sie in den Augen der Hausherrin ein Funkeln.

„Nicht so schnell!", meinte sie knapp, „Du bleibst hier!", herrschte sie Anette an. Dann packte sie Uwe am Ohr und führte ihn aus dem Raum.

Kurz darauf war Corinna wieder zurück und blickte Anette fest in die Augen: „Uwe ist nebenan in einem Käfig, da kann er sich von den Hieben erholen, während wir noch etwas klären müssen."

„Was meinst du?"

Lächelnd nahm ihr Corinna den Rohrstock aus der Hand.

„Glaubst du wirklich, dass ich deine Faszination für den Stock nicht bemerkt habe? Es scheint dir Spaß gemacht zu haben, wie du Uwe gezüchtigt hast, aber da war so ein sehn- süchtiges Glitzern in deinen Augen – der Gedanke, tüchtig den Po voll gehauen zu bekommen, macht dich feucht, nicht wahr?"

„N-nein, ganz-ganz und gar nicht", stammelte Anette und wurde rot wie eine überreife Tomate.

„Nanana, du willst doch nicht etwa die Nikolausine belügen, oder?"

„Ja, äh nein, natürlich nicht."

Plötzlich stand Corinna dicht vor ihr und fasste blitzschnell zwischen Anettes Beine. Als sie ihre Hand zurückzog und dicht vor Anettes Gesicht hielt, glänzten die Finger vor Feuch- tigkeit.

„Was ist das dann, bitteschön?"

„Das äh,…das ist – ich habe…also…"

„Sag die Wahrheit!"

Jetzt war es mit Anettes mühsam aufrechterhaltener Beherrschung vorbei. Es platzte geradezu aus ihr heraus: „Ja, der Gedanke an eine Tracht Prügel macht mich geil, schon als Kind habe ich Dinge verbockt, nur um mit dem Kochlöffel oder dem Teppichklopfer bestraft zu werden. Dabei habe ich sogar meinen ersten Orgasmus gehabt. Und eben, als ich Uwe bestraft habe, habe ich ihn beneidet für die Schläge, die ich selber gerne bekommen hätte. Scheiße, ich bin genauso pervers wie er!"

„Nicht pervers, nur ungezogen", erwiderte ihr Gegenüber. „Du hast es gewagt, mich, Nikolausine, anzulügen. Außerdem bist du unerlaubterweise in ein fremdes Haus eingebrochen. Nur gut, dass wir uns in der Weihnachtszeit befinden und ich deine Vergehen gleich behandeln kann."

Anette starrte sie an.

„Du-du willst…"

„Zieh dich aus, du freches Gör!", herrschte Nikolausine sie an.

Zögernd kam Anette der Anweisung nach. Der Nikolausfrau dauerte es zu lange, und schon klatschte der Rohrstock auf Anettes Hinterteil. In ihr Wehgeschrei mischte sich die Aufforderung, sich gefälligst zu beeilen, sonst würde es noch mehr setzen.

Endlich stand Anette nackt vor ihrer Zuchtmeisterin. Bevor sie verstand, was mit ihr geschah, wurde sie unsanft an den Haaren gepackt und über den gleichen Strafbock, auf dem kurz zuvor ihr Uwe seine Strafe empfangen hatte, gelegt und festgeschnallt.

„So, du Göre, dann wollen wir dich mal zum Bereuen bringen! Sing mir ein schönes Lied."

Anette ließ sich nun ganz in die neue Situation fallen: „Ja, liebe Nikolausine, bitte, bitte bestraf mich, damit ich am Heiligabend vom Weihnachtsmann Geschenke bekomme."

Statt einer Antwort vernahm sie das ihr inzwischen bestens bekannte Zischen des Rohrstockes, der gleich darauf ihre Hinterbacken traf.

„Aua, au, au!"

Die Nikolausine wartete, bis das Gejaule leiser wurde, dann verabreichte sie den nächsten Hieb auf das dargebotene Gesäß. Sofort setzte Anettes ‚Gesang' wieder ein.

Nach jedem weiteren Hieb schwoll die Lautstärke weiter an, und auch die Dauer, bis sich die Delinquentin wieder halbwegs beruhigt hatte, wurde länger. Schließlich gab sie ein ständiges Dauerschniefen von sich.

Die Stockschläge kamen nun schneller hintereinander, denn Corinna in ihrem Nikolausine-Kostüm sah ein, dass Anette bis zum Ende der Züchtigung nicht mehr ganz still sein würde.

Hieb auf Hieb setzte sie gekonnt auf die nackte Erziehungsfläche, die schon bald ein kleines Schachbrettmuster zierte. Längst flossen bei Anette heiße Tränen, während ihr Gesäß nach jedem empfangenen Schlag einen wahren Veitstanz aufführte und ihre Beine immer wieder durch die Luft flogen und die Füße kräftig aufstampften. Dabei war die Nikolausine gnädig, denn aus Rücksicht auf Anettes Anfängerstatus vollstreckte sie die Strafe nicht mit der größtmöglichen Intensität, sondern hielt sich etwas zurück. Ihr Opfer bemerkte den Unterschied nicht, für Anette war jeder Hieb eine große Qual – und zugleich ein gigantischer Quell der Lust, denn trotz der gewaltigen Schmerzen und der gigantischen Feuersbrunst, die auf ihrer Straffläche tobten, empfand sie ein Lustgefühl ungekannten Ausmaßes. Obwohl sie sich wegen der großen Schmerzen nach einem Ende der Schläge sehnte, wünschte sie sich wegen ihrer unvorstellbaren Geilheit, dass es nie enden möge. Währen sich in ihrem Gesicht Tränen und Rotz vermischten und ihr Gesicht und den Hals entlangliefen, strömte der Mösensaft als reißender Fluss aus ihrer Lustgrotte und rann die Beine herab.

Nikolausine bemerkte die Folgen ihrer Arbeit sofort. Mit breitem Grinsen verabreichte sie weiter Hieb auf Hieb und erfreute sich an den beiden widersprüchlichen Reaktionen ihres Zöglings, genoss das Flehen um Gnade und das gleichzeitige Betteln um weitere Schläge.

„Nicht aufhören, bitte, mehr! Oh, au, aua, Gnade! Das tut weh, es ist guuut, oh, aua, bin ich geil, oh, au, aua, au!"

Endlich hatte Corinna den Eindruck, dass Anette genug gelitten hatte. Mit Kennerblick begutachtete sie die Erziehungsfläche, die von einem engmaschigen Striemennetz bedeckt wurde.

Schnell befreite sie Anette von den Fesseln. Da sie etwas wackelig auf den Beinen war, stütze sie Corinna auf dem Weg zur Sitzecke. Kaum saß Anette in einem Sessel, fuhr sie mit einem Schmerzlaut wieder hoch. Corinna kam gerade noch rechtzeitig, um ein Hinfallen der erschöpften Frau zu verhindern.

„Ts, ts, ts, dabei sind wir noch nicht fertig!", lächelte sie Anette freundlich an. Dann hielt sie ihr einen Vibrator entgegen und befahl barsch: „Los, masturbieren!"

Anette wurde rot: „Das…nein, das geht doch nicht!"

„O doch, Süße! Ich habe den Saft aus deinem Loch laufen sehen, also spiel mir jetzt keine Komödie vor, sonst kommst du gleich wieder über den Strafbock!"

Stöhnend ergriff Anette den Vibrator. Eine Stimme tief in ihrem Inneren rief etwas von unschicklichem Benehmen, aber Ihre aufgewühlten Sinne ignorierten die Gedanken an Anstand und Sitte. Die Behandlung mit dem Rohrstock hatte eine tief sitzende Seite in ihr berührt und heiße Phantasien geweckt. Beinahe mechanisch führte sie den Vibrator in ihre Lusthöhle ein, und nach wenigen Bewegungen kam sie mit einem spitzen Schrei!

Der Orgasmus schien kein Ende nehmen zu wollen, es war der beste in ihrem ganzen bisherigen Leben. Selbst die Orgasmen nach den Züchtigungen durch ihre Mutter wurden vollkommen übertroffen. Vollkommen zufrieden sackte sie auf dem Boden zusammen. Bleierne Müdigkeit umfing sie, während ein zufriedenes Lächeln ihr Gesicht zum Strahlen brachte. Sie war so tief in ihrer Zufriedenheit gefangen, dass sie nicht bemerkte, wie Corinna den Vibrator entfernte und ihre intimste Stelle gründlich säuberte.

Nachdem Anette wieder bei Sinnen war, bedankte sie sich überschwänglich bei Corinna für das wundervolle Erlebnis! Als diese langsam zum Abschied übergehen wollte, grinste Anette sie verschmitzt an: „Moment, nicht so eilig! Wir beide haben auch noch eine Rechnung offen! Du hast es mit meinem Mann getrieben, wenn auch nicht in Form eines Ficks, aber ihr habt euch hinter meinem Rücken miteinander vergnügt. Das schreit auch nach einer Strafe, nicht wahr?"

„Du willst...du meinst doch nicht, dass du mich...in meinem eigenen Haus?"

„Ja, genau das meine ich. Du solltest zur Strafe deinen eigenen Rohrstock zu spüren bekommen!"

Corinna überlegte kurz, dann nickte sie mit einem Grinsen im Gesicht.

„Du hast Recht, er ist dein Mann und ich habe Spaß mit ihm gehabt. Es ist also nur gerecht, wenn du mich bestrafst. Wie willst du mich haben?"

„Nackt", lautete die umgehende Antwort.

Corinna nickte bedächtig. Dann legte sie aufreizend langsam ihre Kleidung ab, bis sie vollkommen nackt vor Anette stand. Diese ließ ihren Blick bewundernd über den durchtrainierten Körper wandern. Besonders die rasierte Scham fesselte ihre Aufmerksamkeit etwas länger.

Schließlich riss sie sich von dem Anblick los und befahl: „Umdrehen und Bücken!"

Corinna gehorchte sofort. Nun bot sie ihre gesamten unteren Intimitäten auf geradezu schamlose Weise den Blicken von Anette dar.

Diese weidete sich einen Moment an dem Gehorsam und dem Anblick der nackten Frau. Dann besann sie sich auf ihr Anliegen und ließ den Rohrstock dreimal durch die Luft pfeifen. Corinna zuckte jedes Mal zusammen, bevor sie registrierte, dass sie noch nicht geschlagen worden war.

Aber dann wurde es ernst! Beim vierten Mal biss der Stock in das Hinterteil der Frau und hinterließ eine böse aussehende Strieme. Gleich darauf gesellte sich eine zweite dazu, dann eine dritte. Corinna gab nur ein leises Stöhnen von sich. Mit einer solch minimalen Reaktion hatte Anette nicht gerechnet, und nun war ihr Ehrgeiz geweckt. Immer wieder ließ sie den Stock kräftig auf das Gesäß niedergehen, und nach fast zwei Dutzend Hieben zeigte Corinna die erwarteten Reaktionen: Anfangs steigerte sich nur ihr Wehklagen, aber schließlich schwoll es an und ihr Hinterteil geriet nach jedem weiteren Schlag in immer heftigere Schwingungen. Schließlich zuckte ihr Oberkörper immer wieder verdächtig nach oben, aber sie schaffte es, die Strafposition beizubehalten.

Anette bewunderte die Nehmerfähigkeit ihrer ‚Nebenbuhlerin' und hätte sie gerne an die Grenze ihrer Leidensfähigkeit gebracht. Aber als ihr Arm immer lahmer wurde und sie merkte, dass die Wucht der Hiebe nachließ, gab sie auf.

Mit ein paar knappen Worten erlaubte sie Corinna, sich wieder aufzurichten und anzuziehen.

„Du hast eine verdammt gute Handschrift!", lächelte Corinna. „Warte nur ab, bis ich eine zeitlang geübt habe, dann werde ich dich schon dazu bringen, hochzuschnellen."

„Das glaube ich dir sofort!"

Schließlich stand Corinna im Nikolausinen-Kostüm vor Anette, die sich ebenfalls angezogen hatte und nun etwas unschlüssig wirkte.

„Hier entlang", sagte Corinna und deutete auf den nun hell erleuchteten Kellergang. Anette trat aus dem Studioraum und bemerkte im Licht der Lampen die Rahmen mit sadomasochistischen Zeichnungen an den Wänden, die sich bis zur Kellertreppe hinzogen. Oben angekommen, wurde sie von Corinna ins Wohnzimmer geführt. Dann verschwand diese kurz und kam gleich darauf mit Uwe zurück, der unschlüssig im Wohnzimmer stehen blieb.

Nachdem die beiden Frauen einander gegenüber Platz genommen hatten, verspürte Anette das Gefühl, etwas sagen zu müssen, wusste aber nicht, wie sie ihre Gefühle ausdrücken sollte. Zu viele neue Erfahrungen hatte sie an diesem Abend innerhalb kürzester Zeit gesammelt, so dass nun die Gedanken in ihrem Kopf durcheinander wirbelten.

Corinna spürte die Konfusion im Inneren ihrer Besucherin. Wortlos schenkte sie sich und den beiden Besuchern Wein ein, allerdings tranken ihn nur die Frauen aus Gläsern, Uwe bekam seine Ration im Hundenapf zu Anettes Füßen serviert. Dann begannen die beiden Frauen sich auszutauschen, während Uwe Sprechverbot hatte. Es wurde ein sehr intensives Gespräch, und die Atmosphäre wurde immer vertrauter.

Schließlich kam aber doch die Stunde der Trennung. Während sich die beiden Frauen zum Abschied umarmten, durfte Uwe die Hand von Corinna küssen. Während der Umarmung flüsterte diese Anette ins Ohr: „Du kannst jederzeit mein Studio benutzen. Sag einfach Bescheid!"

Für Uwe hatte sie auch noch ein paar Worte übrig: „Du wolltest immer eine Domina zur Frau haben – jetzt hast du eine, und eine sehr gute dazu. Manchmal gehen an Weihnachten eben doch Wünsche in Erfüllung. Schmerzhafte Weihnachten, Miststück!"

Mit einem verwirrten Uwe verließ Anette die Stätte ihrer neuen Erkenntnis, während ihnen eine lächelnde Corinna nachschaute.

Der Weihnachtsmann sieht alles!

Erster Teil

Die Studentenzeit gilt als eine ungemein schöne Zeit, in der nach landläufiger Meinung neben dem Lernen lange Partys und wilde Liebesorgien gefeiert werden. Die Realität sieht dagegen fast immer etwas weniger extravagant aus, denn bei den Studenten ist das Geld trotz der staatlichen Unterstützung knapp, so dass sich viele eine Nebentätigkeit suchen müssen.

Von dieser Situation konnte Torben ein Lied singen. Um den Rahmen seines schmalen Geldbeutels auszuweiten, nahm er jede mögliche Arbeit an: Ob Kellnern, Hilfsarbeiten als Gärtner oder bei Bauarbeiten - solange es dafür Geld gab und sein Studium nicht litt, machte er alles. Jetzt, in der Weihnachtszeit, verdingte er sich als Weihnachtsmann in Kaufhäusern oder am Heiligabend als vom Arbeitsamt vermittelt Weihnachtsmann für Familien. Da er mit Kindern gut umgehen konnte, war das für ihn eine leichte Arbeit.

In dieser Woche hatte er kurzfristig die Stelle als Weihnachtsmann in einem großen Warenhaus ergattern können. Der eigentlich vorgesehene Kommilitone war erkrankt, und Torben war zur richtigen Zeit am richtigen Ort gewesen. Wie so oft im Leben war das Pech des einen das Glück des anderen. Zumindest dachte Torben das, denn er ahnte zu diesem Zeitpunkt nicht, was diese Stelle bedeuten würde.

Er hatte seinen Dienst pünktlich angetreten. Das war wichtig, denn es war Nikolaustag, und da strömten erfahrungsgemäß mehr Familien mit ihren Kindern in das Kaufhaus als an den anderen Tagen. Bislang lief alles sehr gut: Wie immer kamen die Kinder zum Weihnachtsmann gerannt und erzählten ihm von ihren Wünschen. Danach posierte er mit ihnen für das obligatorische Foto, das von einer als Elfe verkleideten jungen Frau gemacht wurde. Es überraschte ihn nicht, dass es sich dabei ebenfalls um eine Studentin handelte. Die beiden kannten sich nicht, weil sie unterschiedliche Studiengänge belegten und deshalb am jeweils anderen Ende des Campus unterwegs waren. Auch bei den diversen Partys waren sie sich bislang nicht begegnet – angesichts der überfüllten Universität war das jedoch kein Wunder, denn an der für zweitausend Studenten geplanten Einrichtung waren inzwischen achttausend Studierende eingeschrieben. Da konnte man nicht mehr jede Kommilitonin kennen.

Torben konzentrierte sich ganz auf seine Rolle als Weihnachtsmann. Es war während des Studiums bereits seine zweite Saison in dieser Rolle, so dass er eine perfekte Darbietung abliefern konnte. Er hatte sogar so viel Routine, dass er auch beim größten Andrang ruhig bleiben und dennoch den Blick schweifen lassen konnte.

Das machte er an diesem späten Vormittag ebenfalls – und erkannte plötzlich im hinteren Teil des Ladens seine Freundin Jessica! Im ersten Augenblick war er darüber erstaunt, denn sie hatte ihm erzählt, dass sie für eine Hausarbeit den ganzen Tag in der Bibliothek recherchieren müsste. Trotzdem tauchte sie nun hier auf.

‚Bestimmt macht sie gerade eine Pause und will mich besuchen', schoss es ihm durch den Kopf. In Gedanken ging er schon die preiswerten Lokale in der näheren Umgebung durch, denn sie würde doch bestimmt mit ihm einen Kaffee trinken wollen. Warum sonst sollte sie den Weg von der Bibliothek hierher gemacht haben?

In diesem Moment wurde Torben von ein paar gerade angekommenen Kindern abgelenkt, die freudestrahlend auf ihn zu gerannt kamen. Routiniert nahm er sie in empfang, und während er perfekt den Weihnachtsmann spielte, beobachtete er seine Freundin aus den Augenwinkeln. Diese schaute sich in aller Seelenruhe ein paar Kleidungsstücke im hinteren Verkaufsraum an.

‚Merkwürdig, sie kommt überhaupt nicht näher!', dachte er. Das war ungewöhnlich, denn Jessica wusste um die Notwendigkeit von Studentenjobs und es war ihr überhaupt nicht peinlich, dass ihr Freund als Weihnachtsmann arbeitete. Sie selber hatte im letzten Jahr als Elfe gejobbt, aber in diesem Jahr war sie wegen einer Arbeit als Kellnerin und einiger anstehender Prüfungen ausgelastet. Zudem wurde eine Kellnerin besser als eine Elfe bezahlt und Kellnerinnen bekamen sogar Trinkgeld. Je kürzer der Rock und je tiefer der Ausschnitt, desto mehr Geld gab es. Jessica beherrschte die Klaviatur des kontaktlosen Flirtens perfekt.

Jetzt allerdings machte sie einen eher unentschlossenen Eindruck. Torben bemerkte von seinem Platz aus, dass sie des Öfteren auf die Uhr schaute.

Der Grund für ihr Verhalten war schnell gefunden: Ein junger Mann näherte sich ihr eilig, schien ein paar Worte zu stammeln und dann – begrüßten sich die beiden mit einem intensiven Kuss auf den Mund! Torben stand vor Staunen der Mund offen, aber er hatte sich schnell wieder im Griff. Zumindest äußerlich, denn in Gedanken versuchte er das Gesehene einzuordnen. Das lenkte ihn kurzzeitig von einer Rolle als Weihnachtsmann ab, und er verhaspelte sich bei seinem Text. Als er einen warnenden blick von seiner Elfe auffing, riss er sich jedoch zusammen. Nur seiner Routine war es zu verdanken, dass weder die Kinder noch deren Eltern etwas von seiner inneren Aufgewühltheit bemerkt hatten.

Den junge Mann, den seine Freundin auf so vertraute Weise begrüßt hatte, kannte Torben: Es war Justin aus seinem Studiengang. Die beiden gehörten zur gleichen Clique, zu der auch Jessica gestoßen war, nachdem er mit ihr zusammengekommen war. Insoweit war es also keine Überraschung, dass Jessica auch Justin kannte. Nun waren Wangenküsse zur Begrüßung auch in ihrer Clique durchaus nicht unüblich, aber das eben war ein Kuss auf den Mund – und das ging überhaupt nicht!

Nachdem sich Torben von der ersten Überraschung erholt hatte, wäre es fast mit seiner Beherrschung vorbei gewesen. Er hatte sich zwar rasch im Griff, aber die nächste Bewährungsprobe ließ nicht lange auf sich warten: Justin und Jessica schlenderten ein paar Minuten später durch den Laden und hielten dabei einander an den Händen. Diese vertrauliche, beinahe intime Geste brachte Torbens Blut in Wallung.

An seinem Stand wurde es nun ruhiger, so dass er die beiden besser beobachten konnte. Als sie sich schließlich parallel zum Stand des Weihnachtsmannes bewegten, war es offensichtlich, dass sie die Rolltreppe ansteuerten. Da sie nur Augen für sich zu haben schienen, blieb Torben von ihnen unbemerkt. Vielleicht schützte ihn aber auch seine Weihnachtsmannverkleidung.

Als die beiden aus seinem Blickfeld verschwanden, hielt es Torben nicht mehr lange aus. Er musste wissen, was zwischen den beiden lief! Da gerade das letzte Kind glücklich mit seiner Mutter abzog, erhob er sich von seinem Stuhl.

„Mach mal kurz alleine weiter", rief er der aufblickenden Elfe zu, „ich muss kurz mal weg!"

Während er kurz hinter der Kulisse verschwand, um sich seines Kostüms zu entledigen, nickte die Angesprochene nur. Sie dachte an einen Toilettengang, und weil das etwas vollkommen Normales war, gab es ein abgesprochenes Szenario für den Fall, dass während der Abwesenheit des Weihnachtsmannes Kinder auftauchen und nach ihm fragen sollten. Das kam während des Arbeitstage immer wieder vor, war also dachte sich die Elfe nichts dabei. Als Torben in normaler Straßenkleidung vom Stand wegeilte, rief sie ihm dennoch ein „Beeil dich aber!" nach. Eigentlich war das überflüssig, denn um diese Zeit nahm der Strom an Kunden mit Kindern gewöhnlich rapide ab, aber man wusste ja nie.

Rasch eilte er zur Rolltreppe hinüber und konnte gerade noch sehen, wie Justin und Jessica dieselbe verließen. Sie schickten sich an, im ersten Stock herumzuschlendern. Ein Blick auf die Warenanzeige neben der Rolltreppe zeigte ihm, dass dort oben Damenunterwäsche verkauft wurde. Was wollten die beiden dort?

Unschlüssig verharrte Torben am Fuße der Rolltreppe. Dann gab er sich einen Ruck und fuhr ebenfalls hoch. Oben angekommen schaute er sich rasch um und entdeckte die beiden. Seine Freundin und ihr Begleiter standen an weiter hinten stehenden Regalen und begutachteten irgendwelche raffinierten Dessous. Als sich Jessica ein Ensemble vor den Körper hielt und von Justin begutachtet wurde, wäre Torben beinahe wutentbrannt hinüber gerannt. Im letzten Moment beherrschte er sich jedoch. Das war auch besser so, denn er konnte spüren, wie ihn eine Verkäuferin bereits missbilligend musterte. Es kam immer wieder vor, dass sich Männer zwischen den Regalen mit der Damenunterwäsche herumtrieben, um Frauen bei der Auswahl ihrer Dessous zu beobachten. Ihm wurde bewusst, dass er hier oben ebenfalls alleine war, während Justin vom Verkaufspersonal unbehelligt bleiben würde, da er ja in weiblicher Begleitung war. Im Zweifelsfalle konnte es also nur für Torben peinlich werden.

‚Bestimmt sucht sie etwas Hübsches, was sie mir präsentieren will', redete er sich ein, um seine Beschattungsaktion in Würde abbrechen zu können. Sein Bauchgefühl sagte ihm jedoch etwas ganz anderes: Wozu braucht Jessica einen Kerl wie Justin beim Dessouskauf? Immerhin hatte sie selber einen hervorragenden Geschmack und war stets stilvoll. Sie brauchte keinen Berater, um Kleidung zu kaufen. Erst recht keinen männlichen, denn Männer und Stil in Modesachen waren zwei vollkommen unterschiedliche Welten.

Als die Verkäuferin eine Kollegin ansprach und die beiden in seine Richtung sahen, gab Torben widerwillig auf. Er kehrte an den Stand des Weihnachtsmannes zurück und schlüpfte wieder in sein Kostüm und in seine Rolle. Während des Rests seiner Schicht spulte er seine Sprüche etwas hölzern und leidenschaftslos ab, denn er war gedanklich nicht mehr bei der Sache. Unentwegt kreiste sein Denken um Jessicas eigenartiges Verhalten. Ob sie ein Verhältnis mit Justin hatte? irgendwie hatte es für ihn danach ausgesehen. Er beschloss, der Sache auf den Grund zu gehen.

Endlich war seine Schicht vorüber. Da er nichts anderes vor hatte, eilte er auf schnellstem Wege nach Hause. Torben lebte mit Jessica zusammen, denn Wohnraum war für Studenten knapp und zudem teuer. Zu zweit war die Miete jedoch gerade so erschwinglich, so dass die beiden recht schnell etwas Geeignetes gesucht hatten. Überraschend schnell waren sie fündig geworden.

„Jessica?", rief er beim Betreten der kleinen Wohnung. Er schaute in den wenigen Räumen nach, aber seine Freundin war nicht daheim. Ob sie sich noch irgendwo mit Justin herumtrieb? Unruhig lief er auf und ab, aber schließlich setzte er sich an seinen Schreibtisch. Lernen konnte er jedoch nicht, da seine Gedanken unentwegt um das geheimnisvolle Treffen der beiden im Kaufhaus und ihren Besuch in der Unterwäscheabteilung kreisten.

Endlich hörte er, wie sich ein Schlüssel im Türschloss drehte. Kurz darauf stand seine Freundin im Zimmer.

„Hallo", begrüßte sie ihn mit einem Lächeln und gab ihm einen Kuss auf den Mund, „du bist schon wieder fleißig? Wie war es an der Uni, läuft alles gut?"

„Ich war heute nicht an der Uni, weil ich von jetzt auf gleich einen Job ergattert habe. Ich wollte ja ohnehin nur nach ein paar Büchern suchen, und das kann ich auch heute Abend oder morgen zwischen meinen beiden Vorlesungen machen."

„Ach, deshalb habe ich dich nicht in der Bibliothek gefunden."

„Du warst dort?"

„Ja, den ganzen Tag. Entweder habe ich vor dem Computer gesessen und relevante Literatur gesucht oder die bestellten Bücher gesichtet."

„Bist du fündig geworden?"

„Ja, ein paar Titel habe ich gefunden und mir ausgeliehen." Dabei hielt sie kurz eine Tasche in die Höhe, in der nicht mehr als vier oder fünf Bücher stecken konnten.

„Keine besonders große Ausbeute für einen ganzen Tag in der Bibliothek", merkte er an, „oder warst du noch woanders?"

„Nein, nur in der Bibliothek und mal für eine kurze Pause in der Cafeteria", antwortete sie.

Täuschte er sich, oder hatte sie bei ihrer Antwort etwas gezögert?

„Warum fragst du?"

„Nur so. Aber ich kenne solche Tage, da sucht man stundenlang und findet einfach keine Literatur."

„Ja, das kommt vor." Jessica wirkte bei seinen Worten irgendwie erleichtert, und um das Thema zu wechseln, fragte sie: „Und, wie war dein Tag? Wo hast du gejobbt?"

„Im großen Kaufhaus neben der Kneipengasse."

Für einen kurzen Moment verschlug es ihr die Sprache, aber sie hatte sich rasch wieder im Griff: „Was - hast du da - gemacht?", fragte sie etwas gedehnt.

„Als Weihnachtsmann gearbeitet. Der vorgesehene Kommilitone ist krankheitsbedingt ausgefallen, und die Frau in der Vermittlung hat mich als Ersten angerufen."

Jessica überlegte schnell, wo der Stand mit Torben gewesen sein könnte. Als es ihr einfiel, hoffte sie, dass er nichts von ihrem Treffen mit Justin mitbekommen hatte.

„Du warst also nur in der Bibliothek?", fragte er scheinbar nebensächlich.

„Ja, das sagte ich doch schon!" Ihre Reaktion auf die harmlose Frage fiel etwas zu kratzbürstig aus.

„Ich habe dort Justin gesehen", schob Torben nach.

Als sie nicht reagierte, schob er nach: „Mit dir. Komisch, oder? Denn du warst doch den ganzen Tag in der Bibliothek, hast du eben gesagt."

Sie wurde blass, aber mehr kam von ihrer Seite nicht. Weil sie nicht reagierte, hakte er nach: „Hast du mir irgendetwas zu sagen?"

Jetzt atmete Jessica tief durch: „Ja, okay, ich war nur ganz kurz in der Bibliothek. Danach war ich auch im Kaufhaus. Ich brauchte mal etwas Abstand von den Büchern, also bin ich kurz hingefahren. Justin habe ich dort zufällig getroffen, rasch ein paar Worte mit ihm gewechselt, dann bin ich weiter."

„Du lügst!"

„Wie bitte? Was erlaubst du dir eigentlich?"

„Ich war auch dort, schon vergessen? Der Weihnachtsmann sieht alles, also auch, dass du auf ihn gewartet hast. Ihr wart verabredet und habt euch zur Begrüßung auf den Mund geküsst! Danach wart ihr in der Unterwäscheabteilung – hast du dich von dem Kerl neu einkleiden lassen?"

Als sie nicht gleich antwortete, schob er nach: „Du hast den Fummel sogar an deinen Körper gehalten und dich ihm quasi halbnackt präsentiert! Mitten im Laden!"

„Das –das hast du – gesehen?"

„Kennt er dich auch schon ganz nackt?"

Als sie rot wurde, wertete Torben das als ein ‚Ja'.

„Wie oft wart ihr schon zusammen im Bett?"

„Torben, bitte hör auf!" Jessica bemühte sich, die Situation wieder unter Kontrolle zu bringen.

„Ich will es wissen, also raus mit der Sprache!"

„Also gut", fauchte sie. Bis eben war sie noch geschockt darüber, dass ihr Verhältnis aufgeflogen war, aber langsam bekam sie sich wieder in den Griff und entschloss sich zum Gegenangriff: „Ja, wir haben miteinander geschlafen. Dreimal, wenn du es genau wissen willst. Aber es war ein Fehler, denn der Kerl ist ein Arschloch! Das hat er heute bewiesen! Ja, ich habe mir neue Unterwäsche kaufen wollen, sexy Teile nur für ihn, aber das Schwein wollte, dass ich sie im Laden anprobiere und wir es dort in der Umkleidekabine treiben. So einen Scheiß mache ich nicht, und das habe ich ihm gesagt! Er wurde deshalb richtig wütend, als habe ich ihm eine geknallt und mitten im Laden Schluss gemacht. Frag die Verkäuferinnen und die anderen Kundinnen, die haben meine Szene mitbekommen. Ich will den Arsch nie mehr sehen!"

Sie wurde jetzt heftig von einem Weinkrampf geschüttelt. Torben hätte sie trotz ihres Geständnisses eines Fehltritts gerne getröstet, aber während ein Strom heißer Tränen ihre Wangen hinab lief, klingelte sein Handy. Als er sich gemeldet hatte, begann am anderen Ende jemand kurz zu reden, den er aber sofort unterbrach: „Das weiß ich bereits, du Schwein! Bei unserem nächsten Treffen werde ich dir die Fresse polieren, und zwar gründlich!" Damit beendete er das Telefonat.

An Jessica gewandt erklärte er; „Das war Justin. Der Scheißkerl wollte deine Affäre mit ihm petzen."

„So ein Mistkerl", murmelte sie. Dann schaute sie Torben fest in die Augen: „Bitte, das war ein Ausrutscher, das kommt nie mehr vor! Das musst du mir glauben, bitte, bitte!!!"

Ihre Augen füllten sich wieder mit Tränen.

Torben war innerlich hin und her gerissen: Einerseits wollte er Jessica nur zu gerne verzeihen, aber seine männliche Eitelkeit war zutiefst gekränkt. Würde er ihr jemals wieder vertrauen können?

„Bitte, lass nicht zu, dass so ein Scheißkerl unsere Beziehung zerstört", bettelte sie.

„Wenn er keinen Sex in der Umkleidekabine verlangt hätte, hättest du mich verlassen?"

Es war nur ein kurzes, aber spürbares Zögern.

„Was ist nun? Ich warte!"

„Na jaaaa", kam es gedehnt, „ich fand ihn anfangs irgendwie aufregend, so anders..."

„Anders? Anders als ich? Warum?"

„Er – er hat Spiele vorgeschlagen, die mich irgendwie – angeregt haben."

„ Was für Spiele?"

„Ist das nicht egal? Bitte, lass uns zusammenbleiben, bitte, bitte!"

„Was für Spiele?", bohrte er unnachgiebig weiter.

Ganz schüchtern flüsterte sie: „So – so Sachen mit Dominanz und so."

Torben starrte sie fassungslos an.

„Du meinst, ihr habt SM-Spiele gemacht?"

„N – eiin, eigentlich nicht. Es waren mehr so –so – Gehorsamsdinge."

Er konnte es nicht fassen! Seine manchmal kratzbürstige Freundin hatte Justin dominieren wollen? Oder – war alles ganz anders? Plötzlich kam ihm in den Sinn, dass Justin seine Jessica zum Sex im Kaufhaus gedrängt hatte.

„Er wollte von dir Gehorsam?"

„Sie nickte.

„Und?"

Er sah, wie sie tief Luft holte. „Es -es hat mir gefallen." Als er sie ungläubig anstarrte, wiederholte sie: „Ja, wirklich, es hat mir – wirklich gefallen, von ihm gegängelt und – und bestraft zu werden." Nach diesem Geständnis wirkte sie unglaublich erleichtert.

Torben dagegen war verwirrt. „Was meinst du mit ‚Bestraft werden'?"

Jessica schluckte, bevor sie ihn leise aufklärte: „Strafen wie für Kinder – Ohrfeigen, Povoll, Eckestehen und so."

„Er hat dich geschlagen?"

Sie nickte. Als sie Torbens entsetzten Blick sah, fügte sie rasch hinzu: „Ich hatte die Strafen alle verdient – und ich habe sie ja auch genossen. Hinterher, denn dann haben wir uns..." Sie brach ab, aber Torben hatte verstanden: „Danach habt ihr gevögelt, wolltest du wohl sagen!"

Stumm nickte sie.

Torbens Gedanken rasten. Als ihm Jessica einen bittenden Blick zuwarf – verpasste er ihr eine saftige Ohrfeige! Erschrocken und erstaunt starrte sie ihn an.

Sie konnte nicht ahnen, dass er eine Entscheidung getroffen hatte und diese nun umsetzte in der Hoffnung, dass sie Jessica gefallen würde.

„Du sehnst dich nach einer strengen Hand, ja?", höhnte er, „Kein Wunder, denn du bist eine Schlampe, und wie alle Schlampen brauchst du es auf die harte Tour. Kannst du haben, Frolleinchen, kannst du haben! Ab jetzt von mir! Ich werde in Zukunft Saiten aufziehen, die du nicht für möglich gehalten hast!"

Sie starrte ihn angstvoll und fasziniert zugleich an. Justin hatte in ihr eine dunkle Seite geweckt, die sie zukünftig nur zu gerne ausleben wollte. Sie ahnte nicht, dass Torben seine dominante Ader bereits kannte, aber sie bislang sorgsam vor ihr versteckt gehalten hatte aus Angst, sie zu verlieren. Jetzt sah er die Chance gekommen, ihr nicht nur seine geheimsten Neigungen zu offenbaren, sondern um sie zugleich zurück zu gewinnen.

Als er ihren erwartungsvollen Blick auf sich ruhen sah, musste er schleunigst handeln, um das noch sehr dünne und anfällige neue Band zwischen ihnen nicht zu zerreißen.

„Gestehe deine Untreue!"

Jessica zögerte kurz, aber dann spürte sie, wie sie zwischen den Beinen feucht wurde. Sofort warf sie ihre Hemmungen über Bord, sank auf die Knie nieder und gestand ihren Fehltritt: „Bitte, ich gestehe, dass ich dir untreu war. Es tut mir schrecklich leid, es wird nie wieder vorkommen! Bitte, bitte, verzeih mir!"

„Du bist eine Schlampe, und Schlampen gehen bei jeder Gelegenheit fremd. Warum bist du so sicher, dass ausgerechnet dir so etwas nie wieder passieren wird?"

„Ich... Also... Ja, ich bin eine Schlampe, aber ich werde nie wieder untreu sein, weil – weil – du auf mich aufpassen wirst. Bitte bestraf mich, wann immer du es für richtig hältst, dann werde ich bestimmt anständig bleiben."

Langsam nahm ihr Spiel an Fahrt auf. Er spürte die aufsteigende Lust in seiner Unterhose.

„Komm her", befahl er und setzte sich auf das kleine Sofa.

Als sie vor ihm stand, zog er sie über seine Knie. Während er sie mit einer Hand festhielt, schob die andere ihren knielangen Rock hoch. Das erwies sich als etwas schwieriger als geplant, aber mit Jessicas stillschweigender Mithilfe gelang es schließlich. Nun lag ihr Gesäß vor ihm, das von einem schlichten schwarzen Slip bedeckt war.

„Nuttenschlüpfer", knurrte er, „typisch für Schlampen wie dich!"

Er streichelte über ihren Po, der vor Erregung leicht zitterte.

„Kannst es kaum erwarten, was?"

„Bitte, schlag mich, bestraf mich, bitte, bitte!", gurrte sie als Reaktion auf seine Frage.

„Na warte, dir werde ich das Fremdgehen jetzt gründlich austreiben!"

Damit ließ er seine Hand wieder und wieder niedergehen. Er schlug kräftig zu, was rasch Wirkung zeigte: Jessica stöhnte immer lauter, während sie sich gleichzeitig in seinem Griff immer heftiger zu winden begann.

Je heftiger sie sich aber wand, desto unbarmherziger schlug er zu. Als ihre Schmerzenslaute jedoch immer weiter anschwollen, hatte er Sorge, dass die Nachbarn etwas mitbekommen könnten.

Kurz entschlossen stieß er sie auf den Fußboden: „Los, kriech in die Küche und hol mir einen Kochlöffel."

Ohne zu Murren bewegte sie sich auf allen Vieren in die Küche. Dass ihr Rock dabei bis zu den Hüften hochgezogen war und ihr praller slipbedeckter Hintern klar zu sehen war, schien ihr nichts auszumachen. Nur wenige Augenblicke später war sie zurück und apportierte das Gewünschte mit ihrem Mund, was er wohlwollend registrierte.

Während der kurzen Wartezeit hatte sich Torben rasch Gedanken über die weitere Vorgehensweise gemacht und zudem das Radio eingeschaltet. Jetzt kommandierte er: „So, du fremdgehendes Flittchen, das war bislang die Aufwärmphase. Aber jetzt wird es richtig ernst!"

Jessica spürte, wie ihr ein wohliger Schauer den Rücken lief. Eine Mischung aus Angst und froher Erwartung benebelte immer mehr ihren Geist, während gleichzeitig ihr Geschlecht vor Lust heftig pochte. Ihr Slip war im Schritt schon nicht mehr feucht, sondern nass.

Lange konnte sie sich nicht an der zunehmenden Feuchtigkeit in ihrem Höschen erfreuen, denn schon gellte sein nächster Befehl in ihren Ohren: „Ausziehen! Aber dalli!"

In Windeseile sprang sie aus ihrer Kleidung und war wenige Augenblicke später splitternackt. Bei Justin hatte sie gelernt, trotz aller Eile die Sachen ordentlich abzulegen, und das tat sie auch hier.

„Runter auf alle Viere und dann ins Schlafzimmer gekrochen!"

Rasch gehorchte sie. Dabei war ihr sehr wohl bewusst, dass Torben hinter ihr ging und einen sehr guten Blick auf ihre intimsten Stellen hatte. Tatsächlich weidete er sich still vergnügt an dem gebotenen Anblick. Dabei entging ihm natürlich nicht das verräterische Glänzen ihres Geschlechts, das nur von großer Feuchtigkeit herrühren konnte. Die Bestrafung erregte sie tatsächlich, und er war schon sehr gespannt, wie sie sich nachher bedanken würde. Doch bevor es soweit war, musste sie noch den Rest der ihr zugedachten Strafe verbüßen.

Im Schlafzimmer angekommen, musste sie sich bäuchlings auf das Bett legen. Mit aufreizender Lässigkeit zog er den Gürtel aus seiner Hose und ließ ihn einige Zeit langsam über den Rücken und das pralle Gesäß der Delinquentin streichen.

In Jessica tobte der Kampf von Lust und Angst immer heftiger. „Bitte, bitte, fang an, fang bitte endlich an und peitsch mich aus!", rief sie in ihrer lusterfüllten Angst.

„Sehr schön, wie du um Hiebe bettelst! Braves Mädchen!", lobte er. Dann hob er den Gürtel und ließ ihn niedersausen. Es war das erste Mal, dass er jemanden züchtigte, und so traf der Schlag nicht richtig. Der nächste Hieb saß schon etwas besser, war jedoch auch noch nicht optimal. Dennoch hielt Jessica tapfer durch. Sie wollte wissen, ob Torben ein ebenso guter oder vielleicht sogar besserer Erzieher als Justin war. Aber eigentlich kannte sie jetzt schon das Ergebnis.

Inzwischen hatte sich Torben eingearbeitet. Seine Schläge trafen nun dahin, wo sie landen sollten. Systematisch peitschte er seiner untreu gewordenen Freundin tüchtig den Rücken und danach das Gesäß. Jessica presste ihr Gesicht ins Kopfkissen, um ihre Schmerzensschreie zu dämpfen. Auch wenn das Schlafzimmer zum Garten hinaus ging, wo um diese Jahreszeit niemand sein würde, konnte die Musik jedoch nicht ihren gesamten ‚Gesang' übertönen. Solange sie ihren Schmerz und ihre Lust aber ins Kopfkissen jaulte, würde ihre Züchtigung garantiert von den Nachbarn unbemerkt bleiben.

Nachdem er ein weiteres halbes Dutzend Hiebe auf den Rücken der jungen Frau aufgezählt hatte, strich er über das gerötete Fleisch und fühlte die dort herrschende gewaltige Hitze. Sein kleiner Freund war durch die ganze Situation bereits überaus angeregt, aber beim Spüren der Hitze ihrer Haut wuchs er zu seiner vollen Größe heran und drückte unangenehm gegen die Hose. Darum entledigte er sich rasch seiner Jeans und auch der Unterhose, und mit einer gewaltigen Erektion setzte er den Strafvollzug fort und widmete sich erneut ihrem Gesäß.

Jessica hatte gar nicht bemerkt, dass sich ihr Zuchtmeister untenherum entkleidet hatte, so sehr wurde sie von ihren Schmerzen und den eigenen Lustgefühle abgelenkt. Sie heulte wegen der Schmerzen und genoss sie zugleich, ebenso die durch ihren Körper tobende Hitze.

Als sich ihre Sitzfläche in ein immer dunkleres Rot verfärbte, stoppte er die Züchtigung. Der Anblick dieses ordentlich versohlten Hinterns sowie des vom Ledergürtel geröteten Rückens machten Torben so richtig scharf. Ohne lange zu überlegen, rief er: „Hoch mit dem Arsch!"

Es dauerte einen Moment, bis Jessica in ihrer Ekstase das Kommando verstanden hatte, aber dann gehorchte sie sofort.

Kaum war ihr Unterleib in der richtigen Höhe, als er ihr auch schon seinen Schwengel tief ins nasse Lustloch steckte. Mit einem satten Schmatzen glitt er mühelos hinein. Einmal drinnen, begann er sie unverzüglich zu stoßen. Wieder und wieder knallte er ihr seinen Schwanz bis zum Muttermund in die Lustgrotte, was sie jedes Mal mit einem spitzen Schrei quittierte. Wie ein Wilder vögelte er seine Freundin, aber da er durch die gesamte Situation so unglaublich aufgeheizt war, dauerte es nicht lange, bis er seinen Samen in ihr verströmte. Wieder und wieder zuckte sein Glied, es dauerte ungewöhnlich lange, bis er sich langsam wieder beruhigt hatte.

Als er sich entleert hatte, verharrte er noch einen Moment in der Stellung und ließ auch seinen Schwanz in ihrer Grotte. Erst etliche Augenblicke später zog er ihn heraus. Er sah, wie Jessicas mit Sperma vermischter Mösensaft aus ihrem Loch strömte. Ein Teil von der Bescherung tropfte auf das Bett hinab, ein anderer Teil floss ihre Oberschenkel hinunter. Ein unglaublich toller Anblick, an dem er sich weidlich ergötzte!

Irgendwann riss er sich aber von dem faszinierenden Anblick los und befahl: „Aufstehen!"

Sofort sprang Jessica vom Bett auf, aber wegen der bereits bezogenen Hiebe und dem wunderbaren Fick zitterten ihre

Beine so stark, dass sie mit dem Stehen einige Mühe hatte. Aber sie riss sich zusammen und schaffte es, die Anweisung auszuführen. Mit geschlossen Beinen und auf dem Rücken liegenden Händen stand sie mit gesenktem Blick vor ihm. Sie spürte, wie ihr der Liebessaft nun ungehindert die ganzen Beine bis zu ihren Füßen hinab rann.

Torben ahnte, was sie gerade fühlte, und der Gedanke daran ließ ihn schon wieder scharf werden.

„Hände hinter den Kopf und die Beine breit!"

Sofort gehorchte sie, aber er war nicht zufrieden: „Breiter, die Beine! Das kannst du besser, viel besser! Stell dir einfach vor, dass du mit irgendeinem Kerl im Bett bist!"

Sie spreizte die Beine, so weit es ging.

„Na also, geht doch", lobte er, „eine richtige Schlampe kriegt so etwas immer hin."

Dann ergriff er den Kochlöffel, den sie vorhin apportiert hatte.

„So, du Sau, da du diesem Doofmann von Justin deine nackten Beine gezeigt hast, werde ich mich jetzt um deine Schenkel kümmern!"

Er sah, wie Jessicas Nippel bei dieser Ankündigung steif wurden. Ganz offensichtlich gefiel ihr die Bestrafung ausgesprochen gut.

Torben ahnte, dass sie in der gerade eingenommenen besonders breitbeinigen Stellung keine Schläge auf die Schenkel erhalte konnte, weil ihr dafür die nötige Standfestigkeit fehlen würde. Also dirigierte er mit dem Kochlöffel etwas wehmütig

die Beine enger zusammen. Als sie die in seinen Augen richtige Stellung hatten, klatschte das Strafinstrument auch schon
auf die erste Straffläche. Sofort ertönte ein spitzer Schrei, dem
heftiges Jammern folgte. Auch ihre Beine waren in Bewegung,
und sie zappelte wild herum.

„Stillgestanden!"

Sie wurde etwas ruhiger, aber schon der nächste Treffer ließ
sie noch lauter schreien und noch heftiger herumhampeln.

Jetzt ergriff ihn wieder die Sorge, dass die Nachbarn doch
noch etwas mitbekommen und womöglich die Polizei rufen
könnten. Kurz entschlossen griff er nach seiner Unterhose.

„Maul auf!"

Sofort öffnete sie ihren Mund.

Er wollte ihr schon das intime Kleidungsstück als Knebel in
den Mund stecken, aber dann kam ihm eine Idee: Rasch
wischte er mit dem Stück Stoff die klatschnasse Möse seiner
Freundin trocken. Das nun gut durchnässte Kleidungsstück
steckte er ihr dann in den gehorsam geöffneten Mund, der
sich artig um seinen Slip schloss.

„Dann hast du etwas Geschmack im Mund, gell!", höhnte
Torben, während er mit einer Hand ihren Schlitz befühlte. Unglaublich, sie war dort unten tatsächlich schon wieder nass!

Mit süffisantem Grinsen setzte er die Bestrafung seiner untreuen Freundin fort. Der Kochlöffel traf klatschend die Schenkel und zwischendurch zusätzlich immer mal wieder ihren
wohlgerundeten Po. Er hörte erst auf, als sie sich kaum noch
auf den Beinen halten konnte.

„Ab in die Ecke!", befahl er. Jessica brauchte eine Pause, und die sollte sie bekommen.

Heulend beeilte sie sich, die angezeigte Ecke zu erreichen. Während sie dort Strafe stand, wurde ihr Jaulen nach und nach leiser, bis es in einem gelegentlichen Schniefen endete. Das war der Moment, in dem Torben sie wieder zu sich zitierte.

Rasch nahm er ihr den Knebel aus dem Mund. „Hast du Schlampe dem widerlichen Justin auch deine Möpse gezeigt?", wollte er wissen.

Ein zaghaftes Nicken war die Antwort.

„Ich höre dich nicht! Sprich gefälligst lauter!"

„Ja", kam es nun zaghaft, aber immerhin vernehmbar aus ihrem Mund.

„Ja – was? Menschenskind, muss ich alles aus dir rausprügeln?"

Erschrocken rief sie: „Nein, nein – ich – ich gestehe ja schon alles! Ja, er hat auch meine – Möpse gesehen."

„Wessen Möpse?"

Für einen Moment sah sie ihn erstaunt an, aber dann begriff sie: „Ich elende Schlampe habe dem widerlichen Justin meine Möpse auf unverschämt geile Weise präsentiert."

Sein anerkennendes Nicken bewies, dass das Geständnis gut formuliert war und ihm gefiel.

„Dann, das wirst du sicher einsehen, werde ich die Strafe auch auf deine Titten ausdehnen müssen."

Dabei streifte er wie zufällig ihre Nippel und konnte spüren, dass sie steinhart waren. Er war immer noch auf dem richtigen Weg. Darum ergriff er mit einer Hand rasch eine Brust, hob sie an und begann, sie mit der anderen Hand erst sanft, dann härter zu schlagen. Jessica stöhnte vor Lust und Verlangen. Als er ihre Brüste abwechselnd packte und verdrosch, griff sie sich mit einer Hand zwischen die Beine und begann zu masturbieren.

Torben bemerkte es, sagte aber nichts. Er war erstaunt, welche Lust seine Freundin an dieser Situation fand, und welch dunkle Lust sie jahrelang ungeahnt gehabt hatte.

Als es ihr kam, griff er unter ihr Kinn und zwang sie, ihm in die Augen zu sehen: „Jetzt, du kleine Sau, setzt es was mit dem Kochlöffel auf deine Titten!"

„O ja, bitte!", entfuhr es ihr.

Im nächsten Moment ergriff er mit einer Hand den Kochlöffel, während er mit der anderen nach einer Titte griff. Dann schlug er zu. Recht sanft, weil er die Reaktion testen wollte.

„Mehr, bitte, bitte mehr!", jammerte sie.

Während er ihr diesen Wunsch erfüllte und abwechselnd beide Brüste malträtierte, stieß sie immer wieder ein „Härter, bitte härter!" hervor. Er tat ihr den Gefallen und züchtigte ihre Möpse sehr intensiv. Längst schon glühte erneut sein Kolben und schrie nach Abkühlung, aber sie wand sich unter den Schlägen auf ihre Brüste so lasziv, dass er seinen Blick nicht von diesem Vergnügen losreißen konnte.

Irgendwann kam dann aber doch der Augenblick, in dem er einsah, dass es Zeit zum Aufhören sei. Achtlos warf er den Kochlöffel auf das Bett und ging zu seinem Nachttisch.

Jessica brauchte eine ganze Weile, um wieder in der Realität anzukommen. Während der Züchtigung ihrer Möpse hatte sie es sich noch zwei weitere Male selber besorgt, was ihre Rückkehr in die Realität deutlich verzögerte.

Als sie wieder klar bei Sinnen war, trat Torben auf sie zu. In seinen Händen hielt er einen Zettel, auf dem in großen Fettbuchstaben das Wort ‚Schlampe' stand.

„Diesen Zettel wirst du heute am Körper tragen!", befahl er.

„Ja, okay – aber – wie soll das gehen, ich bin doch nackt?"

Er grinste und hielt einen Abroller für Klebeband hoch. „Damit wird es halten!" Dann klebte er den Zettel an ihren Nippeln und am Bauch fest. Jessica musste sich mehrmals drehen und bücken, aber der Zettel hielt.

„Und jetzt gibt es auf die Fotze!", erklärte er mit fester Stimme, „Denk bloß nicht, dass ich dir das Masturbieren durchgehen lasse!"

Bevor sie aus ihrer Schockstarre erwachen und widersprechen konnte, hatte er sie schon rücklings auf das Bett gestoßen und die Beine weit auseinander gebogen.

„Ja, der Weihnachtsmann sieht alles!", schmunzelte er. Dann griff er zum Gürtel und ließ ihn dreimal geradezu spielerisch auf ihrem Geschlecht niedergehen. Zwar quiekte sie dabei jedes Mal wie eine schwer Verwundete, aber an ihrem Blick sah er, dass es nur gespielt war. Er konnte anhand der aus ihrem Schlitz strömenden enormen Menge an Liebessaft auch erkennen, dass ihr die gesamte Bestrafung ungemein Freude bereitet hatte.

Als der letzte Hieb aufgezählt war, ließ er den Gürtel auf den Fußboden fallen und glitt zwischen ihre Beine. Er vögelte sie fast um den Verstand, aber nach dem Abspritzen hatte er immer noch einen Ständer. Also musste sie ihn mit Mund und Zunge verwöhnen, was sie mit großer Hingabe erledigte. Danach schliefen sie in enger Umarmung in der Gewissheit ein, eine gemeinsame Leidenschaft zu haben.

Zweiter Teil

Seit dem Auffliegen von Jessicas Seitensprung waren zwei Wochen verstrichen. Das Weihnachtsfest rückte immer näher, und Jessica traf sich mit ihrer besten Freundin Samantha. Die beiden bummelten mit vor Kälte geröteten Gesichtern durch die weihnachtlich geschmückte Fußgängerzone, probierten in verschiedenen Läden Kleidungsstücke an und hatten eine Menge Spaß dabei.

Als ihnen die Füße vom vielen Herumlaufen schmerzten, suchten sie ein kleines Café auf. Dort saßen sie dann vor ihren dampfenden Tassen mit heißem Cappuccino und plauderten.

„Wie läuft es denn mit dir und Torben?", fragte Samantha schließlich.

„Sehr gut, wir verstehen uns bestens."

„Und die Sache mit – mit Justin?"

„Vergeben und vergessen. Wir haben uns ausgesprochen, und seitdem ist alles wieder gut." In Gedanken fügte sie hinzu: ‚Sogar besser denn je, seit ich für jede Kleinigkeit Schläge bekomme.' Dabei umspielte ein seliges Lächeln ihren Mund.

Das blieb Samantha nicht verborgen: „Du lächelst so süß – woran denkst du gerade?"

„Ach, nur an Torben und wie er es mir heute morgen besorgt hat."

„Erzähl!"

Da wirklich gute Freundinnen keine Geheimnisse voreinander haben, erzählte ihr Jessica von dem morgendlichen Sex und wie wunderbar es war. Sie geriet ein wenig ins Schwärmen.

Das steigerte Samanthas Neugierde nur noch weiter: „Habt ihr es in der Missionarsstellung getrieben?"

„Nein, im Doggy Style, weil er mich", jetzt wurde Jessica doch ein wenig rot im Gesicht. Aus Angst, dass man sie an einem der Nebentische hören könnte, senkte sie den Tonfall zu einem Flüstern herab: „er hat mich anal genommen."

„Wow!" Samantha war sichtlich beeindruckt. „Das wünsche ich mir auch immer wieder, aber Karsten mag es nicht, weil es schmutzig sein könnte. Als ob ich mich nicht gründlich waschen würde! Aber ich kann ihn nicht zwingen."

„Torben besorgt es mir fast jeden dritten Tag in den Hintereingang. Er sagt, dass sei eine schöne Abwechslung – womit er Recht hat. Ich weiß nie, welches Loch er bespielen wird, aber es ist mir auch egal, solange er es mir richtig gut besorgt."

„Tut es eigentlich sehr weh, wenn man es so oft anal bekommt?"

„Nein, der Schmerz beim Sex läst nach den ersten Nummern rasch nach, nur nach einem Povoll tut... - ich meine, nein, ja, also, manchmal."

Jessica biss sich auf die Lippe und dachte: ‚Verdammt, jetzt habe ich mich verplappert! Hoffentlich hat sie nichts gemerkt!'

Aber sie hoffte vergebens. Natürlich hatte ihre Freundin interessiert zugehört, weshalb ihr das Gestammel sofort aufgefallen war.

„Povoll? Du meinst – Torben schlägt dich?"

„Ach, was heißt schlagen – es sind – liebevolle Klapse."

„Bist du sicher? Weißt du – Justin erzählt da auch so Dinge über dich..."

Jetzt war Jessica hellhörig: „Was erzählt das Schwein?"

„Dass du – na ja, dass du erst so richtig in Fahrt kommst, wenn man dir – wenn man dir ordentlich den Hintern versohlen würde."

„Der ist sauer, weil ich ihn abserviert habe!", empörte sich Jessica.

„Ja, kann sein – aber du hast eben auch ,Povoll' gesagt, und auch noch Schmerzen erwähnt. Dass klang nicht nach Schmerzen vom Arschfick."

„Doch, doch, manchmal bin ich nicht ganz so gut drauf, dann tut es schon mal etwas mehr weh. Oder Torben ist versehentlich etwas zu ungestüm..."

Samantha griff mit beiden Händen nach einer von Jessicas Händen.

„Süße, wir sind beste Freundinnen, und die können immer über alles reden! Egal was! Also los, erzähl schon, verdrischt er dich?"

Jessica rutschte unruhig auf ihrem Stuhl hin und her. Ihre Freundin kannte diese Reaktion und wusste aus Erfahrung, dass es gleich aus ihr heraussprudeln würde. Deshalb schwieg sie und wartete.

Tatsächlich druckste Jessica nach ein paar Augenblicken herum: „Ja, also, das ist kompliziert."

„Immer frei heraus damit! Du weißt, dass ich verschwiegen bin. Von mir erfährt niemand etwas, großen Freundinnen-Ehrenwort!"

„Ja, also, okay: Ja, ich liebe es, etwas - äh - härter – angefasst zu werden. Ich glaube schon, dass ich auch ohne das gut im Bett bin, aber mit ein paar Hieben explodiere ich noch heftiger als sonst."

„Du meinst, deine Orgasmen sind dann besser?"

Jessica nickte. „Ja, irgendwie viel intensiver."

„Und deshalb schlägt dich Torben?"

„Nachdem er die Sache mit Justin herausgefunden hatte, wollte er alles wissen."

„Alles?"

Sie nickte: „Ja. Wie oft wir zusammen im Bett waren, was wir gemacht haben, was Justin anders gemacht hat als er - einfach alles. Es hat nur noch gefehlt, dass er die Zahl meiner Orgasmen hätte wissen wollen, die mir Justin besorgt hat."

„Und?"

„Justin hat mich mal spielerisch übers Knie gelegt, und da haben wir beide gemerkt, dass ich dabei ganz schnell sehr feucht geworden bin, und hinterher war der Sex viel intensiver. Also habe ich ab diesem Moment vor jeder Nummer tüchtig etwas hintendrauf bekommen. Justin hat mich geradezu dominiert, und ich war gern sein williges Mäuschen. Er wollte dann immer öfter Sex an öffentlichen Orten, zuletzt in einer Umkleidekabine vom Kaufhaus neben der Kneipengasse. Da habe ich gestreikt. Torben hatte uns aber schon im Kaufhaus gesehen, weil er dort gerade als Weihnachtsmann gearbeitet hat. Er hat mich dann abends zur Rede gestellt und ich habe ihm alles gebeichtet." Ihre Stimme wurde wieder sehr leise: „Auch meine dunkle Seite."

Samantha pfiff leise durch die Zähne. „Er hat dich zurückgenommen?"

„Ja, aber zuvor hat er mich gründlich ausgepeitscht."

„Waaas?"

„Reg dich nicht auf!", beschwichtigte Jessica ihre Freundin, „Ich habe es so gewollt und darum gebeten, wenn hinterher alles wieder gut wäre. Er hat zugestimmt."

„Wie – wie hat er dich geschlagen? Also, nur mit der Hand?"

„Nein, Hand, Kochlöffel und Gürtel."

„Dein armer Hintern!"

„Ja", lachte Jessica fröhlich, „und nicht zu vergessen den Rücken, die Schenkel und die Brüste."

„Waaas?" Samantha war geschockt. „Das alles hat er geprügelt?"

„O ja, und das nicht zu knapp! Es hat furchtbar weh getan, aber ich habe mich wie eine Schlampe benommen und er hat mich dafür bestraft. Zwischendrin hat er mich immer mal wieder bestiegen, wie man das eben mit Schlampen macht. Aber" sie zwinkerte ihrer Freundin zu, „ich habe es mir währenddessen auch mehrmals selber gemacht. Wenn ich schon für meine Untreue bestraft werde, will ich ja auch den größtmöglichen Spaß. Als Torben mit meiner Züchtigung fertig war, hatten wir Versöhnungssex – es war der bis dahin beste Sex meines Lebens!"

Samantha stand der Mund offen. „Torben hat dich so hart geschlagen? Sogar auf die Titten? Du meine Güte, das muss doch furchtbar weh getan haben?!?"

„Ach, so hart hat er da ja nicht zugehauen, auf dem Po und dem Rücken war es viel schlimmer. Okay, meine Titten waren hinterher rot und sehr empfindlich, vor allem, als er sie mir beim Versöhnungssex ordentlich durchgeknetet hat, war es nicht ganz angenehm. Aber ich hatte ja selber schuld, warum bin ich auch mit Justin fremdgegangen."

„Ich wusste gar nicht, dass Torben so – hart sein kann."

„Er ist nicht hart, sondern sehr sanftmütig. Aber er hatte schon immer eine heimliche Vorliebe für Spanking und so, nur hat er sich nie getraut, mir davon zu erzählen. Er hatte Angst, dass ich ihn verlassen würde, wenn er mich versohlen wollte. Insoweit war mein Seitensprung echt zu etwas nütze, denn ich liebe es, bestraft zu werden – das ist mir in der Zeit mit Justin klar geworden. Der Sex danach ist einfach himmlisch! Als ich Torben alles gebeichtet habe, habe ich ihm meine dunkle Seite ebenfalls offenbart. Ich hatte ja keine Ahnung, dass ich damit offene Türen bei ihm einrennen würde!"

„Schlägst du ihn denn auch?"

Hm, darüber haben wir noch nicht gesprochen. Aber vielleicht ergibt sich ja mal eine Gelegenheit, um es auszuprobieren. Jedenfalls beichte ich ihm jetzt jede kleine Verfehlung, und er bestraft mich dann angemessen", grinste sie.

„Und was ist, wenn du mal – artig – gewesen bist?"

Jessica lächelte versonnen: „Wenn mir das Fell juckt und ich keine Lust auf 08/15-Sex habe, denke ich mir einfach etwas aus, für das er mich bestrafen kann. Klappt super!"

„Sag mal", begann Samantha gedehnt, „würdest du Torben denn gerne mal bestrafen wollen?"

Jessica dachte kurz nach, bevor sie meinte: „Ja, eigentlich würde ich es auch gerne mal versuchen. Aber bislang hatte ich dazu noch keinen Grund." Wieder umspielte ein Lächeln ihren Mund.

„Na ja", begann ihre Freundin, „du weißt, dass wir beste Freundinnen sind, und die sagen sich immer alles. Deshalb muss ich dir etwas gestehen."

Jessicas Lächeln gefror. „Sag nicht, dass du mit Torben geschlafen hast!"

„Nein, nein", wehrte die Angesprochene sofort ab, „das würde ich dir nie antun! Beste Freundinnen bumsen nicht die Partner ihrer Freundinnen! Aber – Biggi hat es getan."

„Waaas?" Jessicas Mund stand vor Empörung weit auf.

Ihre Freundin nickte. „Ja, auf der Studentenfeier vor zwei Monaten, da habe ich die beiden zufällig gesehen, wie sie sich heimlich weggeschlichen haben. Biggi hat ihn zu der kleinen

Sitzecke beim Sekretariat drei Stockwerke höher gezogen, und dort haben sie es getrieben."

„Bist du – bist du ihnen nachgegangen?"

Samantha nickte. „Ich wollte wissen, ob meine beste Freundin von ihrem Macker betrogen wird. Als er sich von Biggi hat reiten lassen, war die Sache klar, aber ich wusste nicht, wie ich es dir beibringen sollte. Als dann du und Justin – ich dachte, Torbens Seitensprung wäre dann nicht mehr wichtig." Nach einem raschen Blick in das Gesicht ihrer Freundin fügte sie leise hinzu: „Bist du mir böse?"

Zu ihrer Überraschung schaute Jessica geradezu fröhlich drein. „Nein, ich bin dir nicht böse! Aber mein sauberer Freund, der spielt mir gegenüber den Moralapostel, obwohl er genau wie ich fremdgevögelt hat! Na warte, dafür wird er büßen! Aber nicht mit Kochlöffel oder Gürtel, sondern für seine Scheinheiligkeit werde ich härtere Geschütze auffahren! Los, komm mit!"

Während der nächsten zwei Stunden klapperten die beiden mehrere Sexshops ab. Jessica interessierte sich intensiv für Schlaginstrumente aller Art, und ließ sich deren Handhabung sowie die Vor- und Nachteile ganz genau erklären. Samantha war das sehr unangenehm, vor allem, weil ein paar Verkäuferinnen sie immer in das Gespräch einbezogen. Schließlich dämmerte ihr, dass man sie für ein lesbisches Paar hielt, bei dem Jessica die Herrin und Samantha ihre Sklavin sei. Anfangs hätte sie das Missverständnis liebend gern aufgeklärt, aber dann fand sie es lustig und gab sich in den letzten Geschäften absichtlich sehr devot.

Am Ende ihrer Einkaufstour hatte Jessica ein paar hübsche Rohrstöcke im Gepäck.

„Du", sagte sie zu ihrer Freundin, „Torben kommt gleich nach Hause, und ich will mich noch umziehen. Bitte sei nicht böse, dass ich dich jetzt alleinlasse, okay?"

„Böse sein? Spinnst du? Keine Spur – ich muss auch unbedingt nach Hause, meine Möse läuft nach dem eben in den Geschäften Erlebten geradezu über! Aber ich bin ja nicht alle Tage die lesbische Sklavin meiner Freundin", lachte sie, „aber jetzt muss ich los, viel mehr kann der Slip nicht mehr aufnehmen. Ich muss ihn unbedingt wechseln – aber vorher werde ich noch ordentlich masturbieren und dir in Gedanken hingebungsvoll dienen!"

Es folgten ein Wangenkuss rechts und ein Wangenkuss links, dann eilten die beiden Freundinnen lachend in entgegengesetzte Richtungen davon.

In der gemeinsam mit Torben bewohnten Wohnung durchsuchte Jessica fieberhaft ihren Kleiderschrank. Endlich fand sie, was sie gesucht hatte: Das Elfenkostüm aus dem letzten Jahr! Da hatte sie am Weihnachtsmannstand im Kaufhaus gejobbt, durfte aber das Kostüm behalten. Vielleicht, weil sie darin mit dem Geschäftsführer mehrmals geflirtet hatte, um auch in diesem Jahr wieder genommen zu werden. Studentenjobs waren rar, und wenn sie für ein paar zugelassen Griffe an die bekleideten Brüste oder ein paar Klapse auf den Po einen Job bekommen konnte, ließ sie es eben zu. Täte sie das nicht, würde es eine Kommilitonin zulassen und die guten Jobs bekommen. Dann hatte Jessica diese Arbeit aber doch nicht gebraucht, weil sie in diesem Jahr eine deutlich besser bezahlte Arbeit als Kellnerin ergattert hatte. Das Kostüm hatte sie trotzdem aufgehoben.

Rasch zog sie sich um. Das knapp geschnittene grünfarbene Kleid lag sehr eng an und umschmeichelte ihre Figur. Der recht kurze Rock war der Grund dafür, dass plötzlich auch viele Väter ihre Kinder zum Weihnachtsmann begleiteten.

Nach einem letzten Blick in den Spiegel schüttete sie die gekauften Rohrstöcke auf das Bett. Dann nahm sie jeden einzelnen in die Hand und ließ ihn prüfend durch die Luft sirren. Am Ende hielt sie einen relativ dünnen Stock in der Hand. Damit würde sie ihrem Freund gehörig einheizen!

In Gedanken ging sie nochmals alle Punkte ihres Planes durch. Einem plötzlichen Impuls folgend, entledigte sie sich ihres Höschens, so dass sie nun nur noch einen grünen BH als Unterwäsche trug. Dann wartete sie.

Keine zehn Minuten später betrat ein gutgelaunter Torben die Wohnung. „Hallo Scha... - Donnerwetter, wie siehst du denn aus? Wahnsinn! Hat das einen besonderen Grund?"

„Allerdings", erwiderte sie so kalt wie möglich „als ich dir untreu war, hast du es gemerkt, weil, wie du es formuliert hast, der Weihnachtsmann alles sieht. Nun, das ist wahr! Er sieht wirklich alles, aber diesmal hat er keine Zeit, deshalb bin ich an seiner Stelle mit der Ahndung beauftragt worden."

„Was – was meinst du?"

„Kleiner Tipp: Studentenparty!"

„Ich verstehe nicht..."

„Studentenparty vor zwei Monaten?"

Torben dämmerte etwas, aber da er wusste, dass Jessica bei der Feier definitiv nicht anwesend war, daher spielte er weiter den Unwissenden: „Und?"

„Es dämmert nichts?"

„Nein", log er.

„Studentenparty vor zwei Monaten, Fick mit Biggi?"

„Was?"

„Willst du etwa immer noch leugnen?"

„Ich – nein, okay, aber das war ganz anders, ehrlich!"

„Ach ja?"

„Ja, natürlich! Biggi hat mich angegraben und abgeschleppt, ehrlich!"

„Und du armer schwacher Mann konntest dich nicht gegen die böse, kräftige Frau wehren? Mann, erzähl mir keinen Scheiß! Biggi ist ein zartes Geschöpf, die könntest du mit dem kleinen Finger umhauen!"

„Ich war betrunken", gestand er.

Wie bitte?"

Torben atmete tief durch. „Ich war besoffen, total zu! Biggi hatte mich schon den ganzen Abend angebaggert, und mich dann irgendwie mitgenommen. Ich war zu besoffen, um mich wehren zu können. Ich wollte es, als sie mir die Hosen heruntergezogen hat, aber meine Bewegungen waren - waren etwas unkoordiniert."

„Also hast du dich ficken lassen?"

„Was? Nein, natürlich nicht!"

Jessica ließ den Rohrstock durch die Luft zischen. „Erzähl keinen Scheiß, sie hat auf dir drauf gesessen und dich geritten."

„Ja, sie hat auf mir gesessen", räumte er kleinlaut ein, „aber – ich war zu besoffen."

„Was soll das heißen?"

„Das soll heißen, dass ich – dass ich – dass ich keinen – hochgekriegt habe. Es ist nichts weiter passiert, deshalb bin ich in ihren Augen ein Schlappschwanz."

Jetzt fiel Jessica ein, dass Samantha gesagt hatte, dass Torben von Biggi weggezogen wurde, nicht umgekehrt. Mit einem Mal machten auch die verächtlichen Blicke von Biggi in Torbens Richtung und die im Gegensatz dazu mitleidigen Blicke zu ihr nach der Versöhnung mit ihm Sinn.

„Hat sie dir gesagt, dass du ein Schlappschwanz bist?"

„Mehr als einmal. Sie hat mir sogar gesagt, dass es gegen Impotenz Pillen gebe."

Sie hält dich für impotent? Im Ernst?" Jessica hatte Mühe sich das Lachen zu verkneifen.

„Ja, in ihren Augen müssen alle Männer bei ihrem Anblick sofort einen Ständer haben und abspritzen wollen. Will das einer nicht, kann er in ihren Augen nur impotent sein – sie hält sich eben für die Größte. Ein Erektionsproblem wegen eines Suffs zählt für sie nicht."

„Na gut, aber du hast dich von einer anderen Frau als mir entblößen und reiten lassen. Ob du abgespritzt hast oder nicht, ist egal: Du bist mir untreu gewesen, und zwar vor meiner Affäre mit Justin!"

„Ich sagte doch schon, dass ich besoffen war. Hackedicht!"

Unbeeindruckt erwiderte sie: „In diesem Land wird niemand zum Saufen gezwungen! Wer sich so vollaufen lässt, dass er nicht mehr weiß, was er tut oder mit sich machen lässt, ist selber schuld! Im Strafrecht mag ein Rausch ja strafmildernd wirken, aber bei einen Seitensprung wirkt er sich strafverschärfend aus!"

„Aber..."

„Kein ‚Aber'! Du hast mich wegen meiner Untreue als Schlampe bezeichnet, mich zur Strafe gedemütigt und ordentlich verdroschen. Ich erwarte, dass du jetzt ebenfalls deine Strafe freiwillig verbüßen wirst."

Torbens Glied stand schon beim ersten Blick auf den Rohrstock in Jessicas Hand. Es stimmte, er hatte seine Freundin am Nikolaustag hart gezüchtigt, aber der Sex zwischendurch und der Versöhnungssex danach war einfach göttlich gewesen. Nun wiederholte sich also das Ganze, nur mit umgekehrten Vorzeichen. Offensichtlich hatte Jessica ihren Spaß an der Rolle der Rächerin, denn er konnte immer wieder ein belustigtes und dann wieder erwartungsfrohes Glitzern in ihren Augen bemerken.

„Ja, okay, gut", gab er daher nach, „du hast vollkommen Recht! Ich habe mich unanständig benommen und will Buße tun. Bitte bestrafe mich nach deinem Gutdünken, wenn danach alles wieder gut ist zwischen uns."

Dass er das gleiche Bußverhalten anwandte, das er zwei Wochen zuvor von Jessica erwartet hatte, registrierte sie mit großer Freude und Genugtuung.

„Dann mal los: du weißt ja noch, was du von deiner Freundin verlangt hast, um sie von ihrem Schlampendasein zu heilen!"

„Ja, aber – äh – wie nennt man denn eine männliche Schlampe?"

„Keine Ahnung!" Über dieses Detail hatte sie nicht nachgedacht, aber plötzlich kam ihr eine Idee: „Biggi hat dich doch benutzt, also mit dir gespielt. Du warst daher ihr ‚Toyboy', und folgerichtig ist das deine Bezeichnung!"

Torben dachte kurz nach, dann nickte er anerkennend. „Ja, das passt irgendwie."

Jetzt wurde Jessica streng: „Also? Ich warte!"

Er ließ sich unverzüglich auf die Sache ein: „Ich war ein Toyboy, ich war Biggis williges Spielzeug. Es tut mir schrecklich leid, bitte bestraf mich dafür!"

„Du willst in Zukunft kein Toyboy mehr sein?"

„Nein, ganz sicher nicht, höchsten für dich. Für dich ganz allein!"

„Los, ausziehen!"

Sofort sprang Torben aus seiner Kleidung. Sein Penis stand weit vom Körper ab, was er nicht zu verbergen versuchte. Jessica schaute interessiert hin.

Als er nun nackt vor seiner Freundin stand und sein Blick auf den Rohrstock in ihrer Hand fiel, wurde ihm plötzlich doch sehr mulmig. Das hatte Auswirkungen, denn seine Erektion brach zusammen und sein Ständer schmolz dahin.

„Oh, was hat er denn, der Kleine?", höhnte Jessica besorgt.

„Angst!", gestand Torben kleinlaut.

„Musst du nicht haben! Wenn ich mit dir fertig bin, wird alles wieder gut sein zwischen uns. Denk an den Versöhnungssex von neulich, vielleicht hilft dir das."

Tatsächlich ließ der Gedanke an Jessicas Bestrafung und den anschließenden Sex sein Glied wieder anschwellen. Amüsiert schaute sie ihm dabei zu.

Aber schließlich riss sie sich zusammen: „So, nun wird es aber ernst, die Zeit der Abrechnung ist gekommen!"

Ein ergebenes Nicken seinerseits quittierte ihre Worte und signalisierte zudem seine Bereitschaft.

„Bücken!"

„Äh – irgendwo drüberlegen?", wagte er zu fragen.

Damit hatte er ein weiteres Detail angesprochen, das sie nicht bedacht hatte. Die dominante Rolle war gar nicht so einfach. Allerdings wollte sie sich keine Blöße geben, deshalb erwiderte sie: „Nein, einfach mitten im Raum, die Hände an die Waden." Diese Stellung hatte sie vorhin in einem der

Sexshops auf dem Titelbild eines Spankingmagazins gesehen.

Torben zweifelte, ob er in dieser Position die Standfestigkeit haben würde, um Hiebe mit dem ihm bis dahin unbekannten Rohrstock aushalten zu können. Aber er wollte nicht widersprechen, also gehorchte er.

Als die Position eingenommen war, atmeten beide tief durch, wenngleich aus unterschiedlichen Gründen. Dann ließ Jessica den Stock mehrmals durch die Luft pfeifen, um ein noch besseres Gefühl für das Strafinstrument zu bekommen. Alleine das Sirren in der Luft verschaffte Torben bereits eine wohlige Gänsehaut. Worauf hatte er sich da nur eingelassen!

Kurz darauf wusste er es! Klatschend traf ihn der erste Hieb, bei dem sich die Spitze etwas um das Gesäß herum bog und die Seite ritzte. Angesichts des starken Schmerzes schrie er laut auf und sprang wie ein Wilder im Raum umher.

„Was – was ist los?", fragte seine erschrockene Freundin.

Stöhnend erklärte er ihr den Grund.

Der von ihm verursachte Lärmpegel ließ Jessica auch gewahr werden, dass das Radio ausgeschaltet war. Rasch drückte sie den Einschaltknopf, und Musik durchflutete den Raum.

Torben hatte sich derweil etwas erholt und nahm freiwillig die gerade verlassene Stellung wieder ein.

Beim nächsten Hieb achtete sie darauf, nur das Gesäß zu treffen. Sie bereute es schon, nicht auch den Kochlöffel genommen zu haben! Der Rohrstock erschien ihr wegen seiner

Länge schwer handhabbar, aber mit jedem weiteren Hieb gewann sie damit an Sicherheit. Längst schon schrie und jammerte Torben wegen der schmerzenden Striemen, die sein Gesäß mehr und mehr überzogen. Er hatte zunehmend Probleme, seinen Stand zu bewahren, so dass Jessica schließlich ein Einsehen hatte: „Los, über die Sessellehne bücken!"

Ächzend richtete er sich auf und wankte zum nächststehenden Sessel. Dort ließ er sich stöhnend bäuchlings auf die Rückenlehne sinken. Mit leicht gespreizten Beinen versuchte er, sich einen halbwegs festen Stand zu verschaffen. Kaum war dieser gefunden, ging seine Züchtigung weiter.

Bald darauf schrie er unter den Hieben immer lauter, dass Jessica erneut wegen der Nachbarn in großer Sorge war.

Torben hatte wohl den gleichen Gedanken, deshalb bat er: „Bitte, Jessy, knebele mich. Steck mir deinen Slip oder irgendwas anderes in den Mund, bevor jemand die Polizei ruft."

Jetzt bedauerte sie, kein Höschen unter dem Kleid anzuhaben. Also improvisierte sie und griff sich eine von seinen Socken. Diese rollte sie etwas zusammen und steckte sie ihrem Freund in den Mund. Als es mit dem Strafvollzug weiterging, wurden seine Schreie tatsächlich gut gedämpft.

Je mehr Torben nun vor Schmerz schrie und strampelte, desto mehr Zeit ließ sie zwischen den einzelnen Hieben verstreichen. Ihr Freund sollte genug Zeit haben, sich von den Schlägen zu erholen. Das war allerdings auch ein von Egoismus geprägtes Entgegenkommen ihrerseits, denn Jessicas Arm tat ihr von dem vielen Zuschlagen schon nach kurzer Zeit weh. Der Bewegungsablauf war für sie sehr ungewohnt, aber sie war sich sicher, darin bald ausreichend Übung und Durchhaltevermögen zu haben.

Nachdem sie ihm zweiundzwanzig Hiebe aufgezählt hatte, reichte es ihr eigentlich schon als Rache für seine Untreue. Sie empfand diese Zahl aber als irgendwie unpassend, weshalb sie sich nochmals zusammennahm und ihm drei besonders harte Hiebe aufzählte. Nach jedem Treffer sprang er wie ein Wilder im Zimmer herum und rieb sich mit beiden Händen tüchtig den Hintern, während sein steifes Glied wie ein Rammsporn vor ihm auf und ab wippte. Aber sobald er sich wieder halbwegs im Griff hatte, kehrte er freiwillig in die befohlene Strafposition zurück.

Endlich war der letzte zugedachte Hieb aufgezählt.

„Los, auf den Boden legen!"

Torben dachte, dass er jetzt in einer anderen Lage gepeitscht werde sollte und legte sich auf den Bauch.

„Nein, auf den Rücken", korrigierte ihn Jessica.

Sofort gehorchte er, aber als sein geschundenes Gesäß den Boden berührte, stöhnte er laut auf: „Verdammt, das tut höllisch weh!"

„Armer Schatz", höhnte sie, „bei mir hast du darauf auch keine Rücksicht genommen."

„Das – das tut mir leid, Schatz!"

„Schnauze, du Jammerlappen! Ihr Männer seid einfach zu verweichlicht." Dann hockte sie sich über sein Gesicht, zog den Rock über die Hüften und ließ sich auf sein Gesicht sinken. Als ihre Schamlippen seinen Mund berührten, befahl sie: „Lecken!"

Sofort gehorchte er. Erst langsam, dann immer heftiger bearbeitete seine Zunge den bereits feuchten Schlitz. Er leistete gute Arbeit, und schon nach kurzer Zeit jaulte Jessica einen Orgasmus in den Raum.

„Sauberlecken!", folgte die gestöhnte nächste Anweisung.

Seine Antwort war ein unverständliches Gestammel, aber sie spürte, wie er gierig ihren Mösensaft aufnahm und schluckte.

Nachdem der Fluss versiegt war, endete seine Bestrafung aber noch nicht! Jessica wollte mehr, viel mehr! Also blieb sie auf seinem Gesicht sitzen und befahl ihm: „Noch mal! Leck mich weiter, dafür bist du als mein Toyboy doch da!"

Wieder besorgte er es ihr. Insgesamt vier Höhepunkte ließ sie sich von ihm mit Mund und Zunge besorgen, dann erst erhob sie sich. Aber nur kurz, um etwas an seinem Körper nach unten zu rutschen. Seine Erektion war gewaltig, und mit einem wohligen Stöhnen steckte sie sich den Pfahl in ihr Lustloch und ließ sich langsam nach unten gleiten. Lustvolles Stöhnen entrang sich ihrer Kehle, und auch er stieß Laute des Wohlbehagens und der Wonne aus. Als sie seinen Schwanz in seiner ganzen Länge in sich aufgenommen hatte, begann sie ihren Ritt. Zunächst war es ein leichtes Antraben, aber rasch steigerte sie sich zu einem wilden Galopp. Beide stöhnten vor Lust um die Wette, und es dauerte nicht lange, bis es ihnen gleichzeitig kam.

Erschöpft sank sie auf seiner Brust zusammen. Er wäre auch vor Erschöpfung umgefallen, aber da er schon lag, war er ihr gegenüber insoweit im Vorteil.

Lange Zeit lagen sie einfach nur so da und ruhten sich aus. Dann richtete sich Jessica auf, küsste ihren Freund sanft auf Mund, Nase und Stirn und sagte: „Der Weihnachtsmann sieht alles, hast du gesagt, und das vor zwei Wochen auch sehr eindrucksvoll bewiesen. Aber jetzt weißt du, dass er auch alles von dir sieht und sofort an eine ganz bestimmte Elfe meldet. Ab sofort werde nicht nur ich für jede Verfehlung gezüchtigt werden, sondern du ebenfalls! Also nimm dich in acht!"

„So sei es", lautete seine Antwort.

Dann lagen sie sich noch lange in den Armen, bevor sie ins Schlafzimmer wechselten. Dort liebten sie sich weiter und genossen ihre Ekstase.

Ebenfalls von I. DIGAS lieferbar:

Es tanzt der Gelbe Onkel

Stöckchenreime und Lehrgedichte für Spankingfreunde,

ISBN 978-3-7347 7254-2

Strenge Frauen und ihre Männer

Spankinggeschichten über dominante Frauen

ISBN 978-3-7519-2154-1

Erziehe mich mit Strenge

Spankinggeschichten über dominante Männer und ihre

Frauen

ISBN 978-3-7519-5906-3

Bücher befreundeter Autoren:

Andy Daring

Es dirigiert die Peitsche
Bitter-süße SM-Poesie
ISBN 978-3-7460-9213-3

Gedanken über den Sadomasochismus
Essays zum Thema BDSM
ISBN 978-3-7519-8327-3

Gerhard Devmann

Meine gesammelten Werke
Essays und Geschichten zum Thema BDSM
ISBN 978-3-7519-3589-0